Mayk D. Opiolla

Momentaufnahmen 6

Von der Insel und dem Himmel darüber

Buch:

Im sechsten Band der "Momentaufnahmen" enthüllt die Natur in bildgewaltiger Beschreibung ihre ganze Pracht, aber auch ihre Lebensfeindlichkeit. In gewohnter Manier nimmt uns der Erzähler mit auf Spaziergänge und Gedankenreisen, an Bord einer großen Skandinavienfähre und hinter Klostermauern, in den Wald und in die Welt. An aktuellen Themen wird nicht gespart: Zwischen Brandenten, Beichtgeheimnissen und Brexit geht es um havarierte Containerriesen, tote Lummen, eine Insel im Wahlkampf und Katholizismus in der Krise. 33 neue Geschichten: Mal ernst, mal lakonisch; unbequem bis unheimlich, romantisch bis melancholisch.

Bibliografische Information der Deutschen Nationalbibliothek:
Die Deutsche Nationalbibliothek verzeichnet diese Publikation in der Deutschen Nationalbibliografie; detaillierte bibliografische Daten sind im Internet über http://dnb.dnb.de abrufbar.

Impressum:
Mayk D. Opiolla:
Momentaufnahmen 6 — Von der Insel und dem Himmel darüber
©2019, Mayk D. Opiolla, Langeoog
Herstellung und Verlag: BoD – Books on Demand, Norderstedt

ISBN: 978-3-7504-0692-6

Meinen Eltern und weiteren Freunden.

Inhalt

Goldenes Handwerk

Der volle Mond wirft seinen Lichtschein durch eine dünne Schicht kleiner Schäfchenwolken, die sich um den Erdtrabanten drängen wie eine Wärme suchende Herde. Das Licht bricht sich an den zirkulierenden Eiskristallen der Atmosphäre in bunten Spektralfarben.

Einige Luftschichten tiefer, auf der Erde, ist es für Dezember recht warm. In zwei Tagen ist Heiligabend.

Die Insel füllt sich; viele verwaiste Ferienwohnungen sind nun abends wieder beleuchtet. Auch in den Regalen der Lebensmittelmärkte wurde erneut aufgerüstet. Für die Angestellten auf Langeoog zieht der Stress nun wieder an, aber dennoch scheint die Welt kurz vor Weihnachten immer auf eine wundersame Weise stillzustehen.

Der Advent ist, wenn auch für die meisten nicht mehr als Bußzeit, so doch als Wartezeit erspürbar. Zumindest, wenn man sich, wie ich, relativ geruhsam auf die Feiertage vorbereiten kann.

Auf den Baustellen wurde die Arbeit jetzt niedergelegt. Etliche Gerüste wurden abgebaut; Halbfertiges festgezurrt und abgesperrt. Letzte Handwerker machen sich mit ihren Werkzeugkoffern auf zur Fähre, während die Welt die Ankunft des wohl bekanntesten Zimmermanns erwartet.

Ich denke an die historisch ziemlich unbeleuchteten jungen Erwachsenenjahre Jesu — bevor er als Wanderprediger bekannt wurde — und frage mich, wie es ihm heute als Zimmermann auf Langeoog wohl ergehen würde. Würde man ihn mit Respekt behandeln, pünktlich bezahlen, würde ein Kollege vielleicht seine Pausenration mit ihm teilen, ein Bauherr ihm bei Schietwedder mal einen Kaffee zum Wärmen der Finger ausgeben? Würde er eine bezahlbare Bleibe finden?

Ich frage mich, wie es ihm wohl wirklich ergangen ist, damals in Galiläa. Vielleicht hatte er einen Esel dabei, um Baumaterial, Lot, Wasserwaage und Werkzeug zu den Baustellen zu transportieren. Vielleicht hatte er einen Handkarren, vielleicht auch nur eine Schulterkiepe. Ein Stück Stoff mit eingewickeltem Proviant: Brot, Obst, Trockenfleisch oder -fisch. Einen Wasserkrug. „Jesus war in allem Mensch, außer in der Sünde" las ich einmal irgendwo.

Ich stelle mir den Heiland vor, wie er in der Arbeitspause auf einem niedrigen Mäuerchen sitzt. Seine Kollegen werden Zoten gerissen haben, wie auf allen Baustellen Zoten gerissen werden, möglicherweise gab es auch Bier oder dünnen Wein. Jesus schalt sie aber sicher nicht dafür, solange es nicht bösartig wurde, denke ich, vermutlich saß er einfach nur dabei und lächelte nachsichtig. Aber wenn es gemein wurde, dann griff er mit Sicherheit ein.

Ich erinnere mich aus meiner eigenen Kindheit an einen Familiengottesdienst, bei dem ein Kind gefragt hat, ob Jesus auch aufs Klo gegangen sei. Und noch deutlicher erinnere ich, wie die anwesenden Erwachsenen bei dieser Frage scharf die Luft einsogen. Nervöses Stottern war die Folge. „Getrunken und gegessen hat er", presste schließlich jemand mutig hervor, „Das steht zumindest recht eindeutig in der Bibel." Und dass man sich den Rest dann wohl denken könne.

Heute denke ich, dass es doch irgendwie schön ist, wie unbefangen sich Kinder der Materie nähern. Für Kinder gibt es noch keine ungehörigen Fragen. Und auch ich fand die Frage damals eigentlich nicht schlimm.

Im Gegenteil: Ich fand es als Kind immer schön, Jesus als echten Freund zu sehen. Als Gott zum Anfassen. Den man immer hatte, auch wenn man niemanden sonst hatte. Der verstand, verzieh und niemals petzte. Der einen so sah, wie man von Gott gemeint war.

Den Heiligen Geist, die Dreifaltigkeit: All das begriff ich erst später. Aber dass Jesus Mensch war wie wir, nur ohne miese Eigenschaften — das hingegen verstand ich sofort.

Wie war Jesus als Teenager? Bestimmt auch mal aufsässig oder unmotiviert. Aber er mobbte oder verletzte mit Sicherheit niemanden. Wie war Jesus als Schüler? Vielleicht nur mittelprächtig. Und doch verstand er mehr als jeder andere. Und als Arbeiter, als Zimmermann? Ich stelle ihn mir sehr zuverlässig vor, sehr gründlich. Aber niemals verbissen. Und kein Karrierist. Ich denke, wenn Jesus einfache Tische und Bänke für eine Taverne zimmerte, nahm er den Auftrag genauso ernst wie den, einen Palast auszubauen. Freundlich wird er gewesen sein, bescheiden, aber bestimmt. Jemand, der nichts und niemanden ausnutzte, der sich aber auch nicht ausnutzen ließ. Ein Vorbild durch alle Zeit, bis heute.

Und nun feiern rund 2,2 Milliarden Christinnen und Christen in zwei Tagen seine Geburt, weltweit: Seine heutigen Handwerkskollegen feiern ihn, der Papst feiert ihn, arme Menschen und reiche, manche allein, andere in Gesellschaft. Es gibt Darstellungen, die das Christuskind in Königsgewändern zeigen, mit allem Prunk und Gold. Es gibt Darstellungen, die das Christuskind in absoluter Armut zeigen: Im Stall, mit einem Lumpen als Windel; seine Eltern als einfache Leute, ohne Gold, ohne Heiligenschein. Und tatsächlich mag ich beide Betrachtungsweisen: Ich finde es schön, in dem armen Kind den Himmelskönig zu sehen. Und in dem König das arme Kind.

Ich bin kein Theologe. Ich weiß mich nicht besonders schlau zu Weihnachten zu äußern, tatsächlich bin ich nicht einmal besonders bibelfest und schnorre mir mein Wissen bislang bedarfsweise bei befreundeten Fachleuten zusammen. Aber das Schöne an genau diesem Weihnachten ist, dass ich es vielleicht nicht besser verstehe, aber doch mehr fühle als alle anderen Weihnachtsfeste zuvor. Es liegt so etwas Beruhigendes darin, so ein Frieden. Ja: Ich fühle mich weihnachtlich.

Ich fühle die Hoffnung, die dieses arme Kindlein uns immer wieder aufs Neue bringt. Das arme Kind, das damals für so viele ein Nichts gewesen ist. Und das heute für so viele alles ist. Ich fühle die Erlösung, die Gnade und Vergebung, die uns das Fest verheißt: Gott ist barmherzig, auch wenn es die Menschen nicht sind. Und Weihnachten bringt auch dem Traurigsten, der an die Botschaft glaubt, einen Grund zur Freude, denn niemand ist allein, der Jesus einen Platz frei hält. Nicht einmal die eigene arme Hütte muss einen da beschämen — denn diesbezüglich ist er, der sein Leben in einer Krippe begann, ja nun wirklich alles gewohnt. Was sollte ihn da eine billig möblierte Einzimmerwohnung stören oder ein Würstchen mit Kartoffelsalat statt Festmenü?

Vielleicht ist meine Vorstellung von Jesus noch immer kindlich. Aber ich glaube daran, dass er dort gerne einkehrt, wo er willkommen ist und wo man ihn freundlich empfängt. Und ich mag die zentrale Botschaft Christi, die radikale Nächstenliebe, selbst wenn ich oft weit davon entfernt bin.

Tatsächlich finden auch etliche meiner kirchenfernen Freunde, sogar jene, die sich als Atheisten bezeichnen würden: Dieser Jesus, das war ein Guter. Und vermutlich hätten sie ihm, damals auf der Baustelle, auch mal einen ausgegeben.

Schnee

Als ich am Morgen aus dem Fenster sehe, ist die Welt verwandelt. Seit ein paar Tagen herrschte schon Frost auf der Insel; man merkte das am

Knacken der dünnen Eisschicht unter den Fahrradreifen und daran, dass das Fahren auf den spiegelglatten Wegen zunehmend riskanter wurde. Nun aber hat es zum ersten Mal wirklich geschneit.

War die Insel bislang lediglich zart von Reif gepudert, so türmt sich jetzt der Schnee eine Handbreit hoch auf Zaunpfählen, Ästen und Fahrrädern. Auch am Strand zeigt sich nichts Sandfarbenes mehr unter dem Weiß; läuft man unterhalb der Abbruchkante, so wähnt man sich beinahe auf Spitzbergen oder in einer anderen arktischen Region: Weiß, so weit das Auge reicht.

Die See steht recht ruhig an diesem Tage, und dennoch erscheint mir das Donnern der Brandung heute lauter als sonst, was daran liegen mag, dass der Schnee die Umgebungsgeräusche schluckt: Die Gespräche der anderen Flaneure, das Hundebellen, den Baulärm.

Seit 5 Jahren kenne ich diesen Strand, seit beinahe 2000 Tagen, und nun liegt er vor mir in nie gekannter Unschuld. Wie passend für den Januar, denke ich, denn wünscht sich im Grunde nicht jeder, ein neues Jahr so unbescholten begehen zu können, als wäre alles Belastende der Vorjahre nie gewesen? Als würde man noch keine Sorgen, keine Existenznot, keine Krankheit und keinen Kummer kennen; als wüsste man noch nicht, in was für ein Monster sich manche Jahre in ihrem Verlauf verwandeln können.

Ein bisschen ist es ein Gefühl wie nach der Beichte. *Ego te absolvo a peccatis tuis.* Am Anfang fiel es mir noch schwer, das zu glauben. Dass Gott durch den Priester tatsächlich vergibt, auch schon zu Lebzeiten, im Hier und Jetzt. Dass jeder, wie beladen er auch sei, jederzeit die Möglichkeit hat, sein Leben reinzuwaschen, damit es dann vor einem liegt wie dieser wundervolle, schneebedeckte Strand.

Aber natürlich weiß ich, dass der Strand auch unter dem Weiß noch derselbe ist. Und leider muss ich mich nicht einmal besonders anstrengen, um das zu verifizieren. Im Spülsaum flattert ein Plastikstreifen, „Tablecloth" steht darauf, es ist eine Banderole gewesen. Wenige Meter weiter ein dunkelroter Sportschuh. Er sieht neu aus und stammt, wie auch die Tischdeckenverpackung, vermutlich aus einem kürzlich verlorenen Container. 270 davon hatte das Meer im Sturm an sich gerissen; das Jahr war noch keine drei Tage alt. Die Folgen werden uns hier noch lange beschäftigen.

Auch über die gut gefüllten Strandmüllboxen hat sich gnädig der Schnee gelegt; ich werfe Schuh und Plastikstreifen hinein, zwischen schmutzige Textilblumen, Nylonnetze und Fahrradschläuche und vieles andere, auf das die Natur getrost verzichten könnte, aber der Mensch offenbar nicht.

Und dennoch präsentiert sich die Natur heute so friedlich und freundlich, als würden wir ihr all dies nicht antun. Die Sonne lugt hervor; in der Brandung laben sich niedliche Sanderlinge an Schwertmuscheln, die teils länger sind als sie selbst. Ich sehe den winzigen Vögelchen entspannt eine Weile zu, bis ein Schwarm Krähen meine Aufmerksamkeit davon ablenkt.

In der Art und Weise, wie sie dort alle auf einem Haufen hocken und auf etwas einhacken, weiß ich, was sie dort tun, bevor ich es gesehen habe.

Dennoch trete ich näher heran, um mir den Kadaver anzusehen.

Es ist ein kleiner Seevogel. Etwa taubengroß. „Austernfischer", denke ich sofort, als ich das schwarze Rückengefieder und den weißen Bauch (oder das, was davon übrig ist) entdecke. Aber die Füße sind schwarz, das passt nicht. „Eine Lumme!" ist der nächste Impuls, aber Lummen gibt es auf Langeoog eigentlich nicht. Oder doch? Hier kann nur der Kopf Zweifel ausräumen. Ich vermute ihn unter dem Schnee, aber als ich das tote Tier mit dem Fuß anhebe, ragt dort nur eine blutige Halswirbelsäule aus dem Weiß, der Kopf ist fort, ebenso wie alle Innereien, die bis aufs Brustbein hinunter aus dem zerfetzten Bauchgefieder geklaubt wurden. Der Vogel kann noch nicht lange tot sein, denn das Blut ist noch frisch und um den Kadaver herum zieht sich eine kleine Schleifspur aus leuchtend gelber Galle, wo sich vermutlich eine Krähe mit dem Magen davon gemacht hat.

Hatte das Tier vielleicht ein Hund gerissen? Denn auch Hundespuren finden sich ringsum reichlich. Die einzige Menschenspur stammt von mir, und fast schäme ich mich dafür, dass ich mich, primitiv wie jeder andere Fleischfresser, Hyänengleich um einen Leichnam schare.

Das war es also mit der Unschuld, denke ich. Kaum liegt der Schnee, vergießt irgendein armes Mitgeschöpf sein Blut darauf.

Wenige Meter weiter finde ich den nächsten Leichnam; dieser ist steifgefroren, aber vollkommen intakt: Es ist zweifelsohne eine Lumme. Diese trifft man auf Langeog so gut wie nie, denn eigentlich kommen sie nicht südlicher als bis Helgoland. „Ich hab solche auch schon gefunden", berichtet mir jedoch später einer unserer Naturführer, „auch mal einen Tordalk und einen Papgeientaucher". Ich nicke betroffen. Lebendig wären mir Lummen doch um einiges lieber.

Ich überlege, was sie nach Langeoog verschlagen hat und warum sie beide an diesem Strand sterben mussten. Entkräftet, verhungert, an Plastikteilen im Magen verendet? Hat ihr Gefieder Schaden genommen durch Chemikalien und sind sie daher erfroren? Verloren sie durch irgendetwas die Orientierung und verflogen sich, um dann entkräftet auf der falschen Insel zu sterben? Helgoland ist weit, auch wenn man in klaren Nächten das Leuchtfeuer bis Langeoog sieht. Vielleicht starben die Lummen auch im Meer und wurden angespült, denke ich. Aber dafür sind die Kadaver beide zu frisch.

Die Euphorie über die vermeintlich makellose Reinheit des schneebedeckten Strandes ist mir vergangen. Nun höre ich auch wieder den Lärm der Presslufthämmer und Sägen aus dem Dorf; der Schatten des gewaltigen Krans an der neuen Hotelbaustelle gleitet über den Strand wie die Schwinge eines Flugsauriers. Und irgendwo auf dem Grund des stillen, schönen Meeres vor mir liegen noch unzählige Container.

Der Mensch, denke ich, ist und bleibt hier ein Fremdkörper, mit all seinem echten oder vermeintlichen Fortschritt. Mich selbst schließe ich da nicht aus.

Die Krähen sind nicht zum Kadaver zurückgekehrt; vermutlich riechen sie, dass ich da war. Morgen werden die bedauernswerten Lummen beerdigt sein, es ist weiterer Schneefall angesagt. Ich drehe mich ein letztes Mal zum Strand um und bewundere ihr glattes, glänzendes Leichentuch.

Netz

Letzlich hat es die Sonne doch geschafft. Durch einen Wolkenspalt hindurch zwingt sie ihr glutrotes Licht in die Trübnis. Ich sitze im Strandkorb und kaue an einem Erbeereis herum. Das widerspricht sich im Februar nicht zwangsläufig, wenn der Strandkorb im Fährhaus steht und man sich das kalte Sauwetter nur durch das Fenster ansieht, während man auf das Einlaufen der Fähre wartet.

Der Akku meines Mobiltelefons ist längst leer und ich habe kein Kabel dabei, um es an eine der Steckdosen hier zu hängen, also betrachte ich den Sonnenuntergang ganz analog und bedaure, dass ich ihn nicht teilen und niemandem zeigen kann.

Gleichzeitig frage ich mich: Enfernt uns die Digitalisierung vielleicht von der Genussfähigkeit? Sind Sonnenuntergänge also quasi weniger Wert, wenn wir sie nur noch durch unser physisches Auge betrachten können, wenn wir nur noch im Herzen die Statusmeldung aufploppen sehen: „Wie schön"?

Sofern ich mich noch an Prä-Internet-Zeiten erinnere, so gab es aber auch damals schon das Bedürfnis, beeindruckende Dinge, die man erlebt hatte, zumindest seinen Liebsten zu zeigen — und das leise Bedauern darüber, wenn man es nicht konnte. Die Urahnen der heutigen Facebook-Spammer luden beispielsweise gern zu Dia-Abenden: 3 Stunden Schwarzwald-Pensionsurlaubs-Retrospektive mit großformatigen Bildern eines misslungenen Toasts Hawaii und weinseligen Schnapsverkostungen konnten mitunter sehr lang werden — einigen heutigen Social-Media-Auftritten qualitativ wie quantitativ nicht unähnlich. Mit dem heutigen Vorteil, dass man langatmige Bilderstrecken von Toast und Konsorten einfach herunterscrollen kann ...

Während ich mir über diese Dinge Gedanken mache, versinkt die Sonne unbeachtet mit dem Rest ihres Farbenspiels hinter einer kabbeligen See. Das Schiff hat angelegt. Ich beziehe den Salon unter Deck.

Gestern sah ich eine Dokumentation über die Macht der Sozialen Medien, und in Erinnerung daran werden mir meine profanen Gedanken-spielchen über das Schmälern von Schönheits-genuss durch die Frage „To share or not to sha-re?" oder die Evolution des Vorzeigens von Ur-laubs- und Essenbildern unangenehm. Denn am Ende dieses Films war erst einmal in jeder Hin-sicht Schluss mit lustig.

Die Fragestellungen des Films hatten es in sich: Inwieweit sind facebook und Co. für das zu-nehmende Aufwiegeln der Massen verantwort-lich, für Meinungsmanipulation, für politische Einflussnahme in Gesellschaften, in denen nur wenige Menschen Zugang zu anderen Informa-tionsquellen bekommen? Sei es durch eine teils fragwürdige Zensurpolitk oder durch das bloße Zurverfügungstellen eines „Werkzeugs", das es ermöglicht, binnen Minuten einen Lynchmob zusammenzurotten und Existenzen zu vernich-ten, wofür man früher immerhin noch mit bren-nenden Mistgabeln und Bottichen mit Teer und Federn hätte von Dorf zu Dorf ziehen müssen.

Wobei die Menschheit auch in digitalisierten Zeiten nicht weniger primitiv ist als zu allen Zeiten — Mit dem Unterschied, dass es heute weltweit jeder mitbekommt.

Natürlich wusste ich auch vor dieser Dokumentation um das unerträgliche Maß an Hass, an Bosheit, an Gier, Müll, Armut und Überbevölkerung auf diesem Planeten: Man liest ja Zeitung. Ich wusste um die Existenz des puren Bösen, das auf allen Kanälen on- und offline seine abstoßende Fratze zeigt. Aber es nochmals so komprimiert vorgeführt zu bekommen, mit dem Wissen, dass nichts davon Fiktion ist, hat mich erschüttert.

„Man hat mein Baby lebend ins Feuer geworfen und den Zweijährigen im Fluss ertränkt", erzählt eine Rohinga-Frau. Sie selbst wurde gefoltert, gedemütigt: sexuell, seelisch. Sie zeigt ein paar Narben. Dann weint sie. In der nächsten Einstellung wäscht sich der Reporter, der sie interviewte, das Gesicht. Es bedarf keines weiteren Kommentars.

Ein Posting, das zur Ermordung der Rohinga aufrief, hatte binnen Minuten Hunderttausende Likes. Welchen Anteil am unermesslichen Leid dieser Frau hatte die Hetze im Netz? Es schmerzt, sich diese Frage zu stellen. Denn oft genug hat man — wenn auch zu nicht unmittelbar vergleichbaren Themen — ja selbst gelangweilt weitergeklickt, wenn irgendwo im Netz der Hass tobte. Es wird so erschreckend normal irgendwann. Und Gegenrede viel zu häufig einfach zwecklos. Wer keine Argumente hat, brüllt. Und wer empathisch ist, hält das nicht lange aus; wird müde und schweigt. Oder klinkt sich ganz aus. Wie im Internet, so auch in der Welt.

„Ich habe Hunderte Enthauptungen gesehen", erzählt ein Mann, der für eine große Social-Media-Plattform Fotos und Videos sichtet und zensiert. „Jede Art von Folter." Die ganze widerliche Fratze des Bösen. Manche Menschen, die diese Art von Content Management als Beruf ausüben, bringen sich nach einigen Monaten um. Denn auch wenn man den Teufel aus dem Internet wirft: In der Welt ist er ja trotzdem. Es muss schwer sein, das auszuhalten. Als einige der Sachen eingeblendet werden, die sich diese Menschen acht Stunden lang am Tag anschauen müssen, halte ich mir die Augen zu. „Das Tagessoll sind 25.000 Bilder", sagt einer der Moderatoren. Dazu kommen Videos. „Einige werde ich nie vergessen."

Ignore. Delete.

Die Kinobesucher verließen den Saal schweigend. Eine junge Frau lehnte sich bleich an ihren Freund. Noch beim Abspann wurden die ersten Smartphones eingeschaltet, man sah die Displays aufleuchten. Auch meins war darunter.

Ich werde diesen Text im Internet platzieren. Wiederum andere platziere ich nicht; aus vielerlei Gründen. An den meisten Tagen macht es mir Freude im Netz zu sein. Aber ich bin mir nie sicher, ob ich dabei die Spinne bin oder die Fliege.
Und, ehrlich gesagt, sind mir beide Tierarten nicht besonders sympathisch.

Wartesaal

Seit Tagen hüllt sich die Insel in nasses Grau; manchmal stürmt es ein bisschen. Es ist nicht allzu kalt, aber noch weit entfernt davon, warm zu sein. Es ist gerade irgendwie gar nicht.

Langeoog befindet sich auf der Schwelle zum Vorfrühling. In einem Graben schüttelt der Wind Regentropfen von ersten Schneeglöckchen. Möwen balgen sich am Strand um Muscheln.

Ich erschrecke, als ich in viel zu kurzer Entfernung einen Seehund entdecke und entferne mich rasch. So sandfarben, wie er dort lag, und so gedankenverloren, wie ich dort entlangbummelte, hatte ich das Tier beinahe übersehen.

Es ist also keineswegs immer Ignoranz oder Böswilligkeit, wenn Menschen sich den großen Meeressäugern zu sehr nähern: Es passiert auch aus Versehen.

Dennoch tut es mir Leid, und ich hoffe, dass er mich noch nicht gerochen hat. Aber der Seehund bewegt sich kaum, und so zoome ich ihn aus sicherer Entfernung mit der Kamera heran. Seine Hautfarbe sieht nicht gesund aus. Ich glaube, er stirbt.

Man sieht viel Werden und Vergehen dieser Tage, denke ich. Die Natur erneuert sich. Das Alte geht, das Neue ist aber oft noch nicht da.

Mir ist, als überspannte der bleigraue Himmel heute einen riesigen Wartesaal.

In einem sehr traurigen französischen Chanson beschreibt jemand das Gefühl, dass auch das Herz zuweilen wie ein Bahngleis ist, an dem niemand mehr Halt macht. So fatalistisch würde ich das nicht sehen, aber man sieht doch, durch zunehmend trübe Scheiben, vielen durchfahrenden Zügen hinterher.

Personenschaden auf der Strecke. Wann es weitergeht? Ungewiss.

„Das Leben betrügt uns mit Schatten", schreibt Oscar Wilde, *„wie ein Marionettenspieler"*. Und tatsächlich weiß man manchmal nicht mehr, was real ist und was nicht, und warum so oft im Guten das Böse lauert und umgekehrt. War es ein schlechter Hirte, der mir die Geschichte vom guten Hirten erzählte? War es ein Wolf, der dem Lamm diente? Wem kann man auf dieser Welt noch trauen, und: Wie?

Die Erinnerung zerfließt. Wie der Regen an der Scheibe des zugigen Wartesaals. Wie der Himmel, der sich über unserem Meer spannt.

Über dem wunderschönen, treuen Meer, das mit seinem gleichförmigen Rauschen allen Lärm der Welt befriedet. Auch den im Inneren.

Es gibt Tage, an denen ich froh bin wie nie zuvor, das Meer vor meiner Haustür zu finden. Diese einzige, große Konstante. Die aus ihrer Urgewalt, ihrer Zerstörungskraft keinen Hehl macht. Aber auch nicht aus ihrer Sanftheit und Schönheit. Die so viel enthüllt und verwirft. Aber auch noch mehr schluckt, erträgt, aushält. Die Leben nimmt und Leben schafft.

Zuhause greife ich zu einem kleinen, bibliophil aufgemachten Gedichtband. Der seidenartige Umschlag zeigt zwei junge Birken mit sonnendurchflutetem Frühlingsgrün. Ich blättere darin herum und erwarte, Unmengen an Lyrik mit der Pracht des erwachenden Lebens darin zu finden, mit Maienreigen und Vogelkonzerten. Aber tatsächlich gibt es erstaunlich viele Dichter, die sich mit dem Phänomen des Vorfrühlings befassen. Mit dieser mitunter trügerisch anmutenden Mischung aus Sonnentagen, welche die ersten Triebe hervorlocken, gefolgt von neuem Aufbäumen des Winters. Mit der Nässe, der Kälte, dem entkräfteten Sterben unter den Knospengewölben tropfnasser Zweige. Und dennoch bleibt sie: Die Gewissheit, dass der Sieger in dieser Sache feststeht; und zwar seit Anbeginn der Schöpfung.

Es ist der Frühling, der den Frost vertreiben wird. Die Wärme gewinnt gegen die Kälte. Die Farben besiegen das Grau.

Der Wolf schnürt auf einsamer Fährte zurück in den Wald, wo der Schnee unter dem dichten Tannendach noch lange liegen bleiben wird.

Aufblühen

Es ist der erste richtige Frühlingstag. Zwar gab es auch in den vergangenen Wochen ab und zu Sonnentage, aber heute fühlt es sich irgendwie anders an. Es ist erst Mitte Februar, Valentinstag, um genau zu sein, aber dennoch schien mir bereits beim Aufwachen, dass die Vögel anders sängen, die Möwen anders ihre Bahnen am Himmel zögen und sich das Knospen in den Sträuchern nun nicht mehr aufhalten ließe.

Mindestens drei wundervolle Tage liegen vor uns, verspricht der Wetterbericht; teils mit zweistelliger Temperatur und mit ganztägigem Sonnenschein, der zunehmend wärmende Kraft entfaltet.

Bereits am Morgen freue ich mich über Besuch: Eine Handvoll Meisen und ein Rotkehlchen schwirren um mein Vogelhäuschen auf dem Balkon und ich beschließe, mich in das emsige Treiben einzureihen. Mit lang vermisster Lebendigkeit in den Adern jäte und grabe und schrubbe ich in meiner kleinen Wohnzimmer-Außenstelle herum, bis der Frühling gar nicht mehr anders kann, als es sich bei mir gemütlich zu machen.

Freilich, das Holz der Möbel ist abgeblättert und vertrüge schon längst einen Anstrich, auch Efeu und Winterheide bringen noch nicht allzuviel Farbe; aber schon bald duftet der Kaffee auf dem Tisch und die wettergegerbten Stühle sind weich mit hellen Leinenpolstern versehen. Dass ich noch mit Schal und Daunenjacke draußen sitze? — Geschenkt. Die Balkonsaison ist eröffnet!

Wie glücklich mich das macht. Diese paar Quadratmeter privates Grün. Ich lehne mich in den alten Rattansessel zurück und träume bereits von der neuen Bepflanzung; von zartem Primelduft und stolzen Narzissen. Ein Blumenmeer: Das ist es, wovon ich träume, und was urplötzlich wieder in den Bereich des Greifbaren rückt. „Es ist zwar schon mein 43. Frühling", schreibe ich einem Freund, „aber ich kann mich noch immer darüber freuen."

Und so ist es auch. Der Freund schickt das Foto eines prächtigen Tulpenstraußes, und auch darüber hinaus werden, dem Datum geschuldet, die sozialen Medien heute mit Blumenbildern geflutet.

Das übliche Valentinstagsgeunke und -gekrittel sowie die diversen Kitschoffensiven und Verzweiflungsakte überlese ich großzügig, ich möchte einfach nur die Blumen sehen — und immer mehr davon, mehr. Ich habe die Farben so lange vermisst.

Ich frage mich, ob ich heute traurig sein sollte, wo ich der irdischen Liebe doch zugunsten der Kirche abschwor und es auch niemanden gibt, der sich darum risse. Aber es herrscht tiefer Frieden.

Kann es denn sein, frage ich mich, beinahe schmunzelnd, dass der erste Valentinstag, an dem ich wirklich in gar niemanden verliebt bin — nicht einmal unglücklich — der bislang schönste meines Lebens ist?

Ich forsche im Herzen, gründele nach Krumen von Leid, aber da ist nichts. Nichts mehr. Der Mann, den ich letztes Jahr noch hätte lieben können, ist nur noch ein schemenhaftes Bild; ich sah ihn die Tage auf einem Foto und fremdelte.

Ich drehe mich um zum Hausaltar, bzw. zum „Herrgottswinkel", wie er im Süden so entzückend genannt wird, und fühle die Liebe.

Dort, in meinem „Herrgottswinkel", hängt eine Ikone mit Christusdarstellung, von der der Herrgott sanftmütig lächelt. Mehr denn je weiß ich nun, dass all das im letzten Jahr die richtige Entscheidung war, denn: Wie soll einem ein Mensch noch das Herz brechen, wenn man sich doch für immer von der unendlichen Liebe Gottes getragen weiß? Es ist schön, sich bedingungslos geliebt fühlen zu dürfen. Warum, frage ich mich, war mir das nur all die Jahre nie genug? Ich habe so viel verpasst.

Etliche Grüße ebenfalls alleinstehender Freundinnen und Freunde trudeln ein, und mir geht das Herz auf angesichts dieser wärmenden Strahlen von Freundschaft. Auch diese nahm ich die letzten Jahre nicht in dem Umfang wahr, wie es verdient gewesen wäre — ertönte doch mit jeder Nachricht, die nicht von dem geliebten Menschen stammte, sondern von irgendjemand anderem, ein leiser Missklang der Enttäuschung. Und wenn er dann anrief oder schrieb? Dann ließ auch das die Bemühungen der anderen verblassen. Es tut gut, frei von dieser romantisch konnotierten Leidenschaft zu sein. Keine Angst mehr zu haben, keine Sehnsucht, kein Vermissen. Zuweilen beschleicht mich zwar auch die Angst, Gott erneut aus den Augen zu verlieren; aber hier denke ich, ist Sehnsucht ja schon der halbe Weg zueinander.
Was man von den Menschen nicht immer behaupten kann.

Heute aber will ich dankbar sein. Einer lieben Freundin, die zurzeit eine schwere Zeit erlebt, schicke ich Blumen; die zu erwartende Freude genießend, als sei es meine eigene. Und auch einigen anderen menschlichen Konstanten in meinem Leben versuche ich, gebührend Zuneigung zu zeigen: Für alles, was diese guten Geister oft so still und bescheiden tun. Aber auch einfach dafür, dass sie sind.

Dabei geht mir zum ersten Mal wirklich auf, wie viele Formen von Liebe es eigentlich gibt. Und wie wunderbar doch jede einzelne davon ist — jeder Erfahrung von Schmerz und Enttäuschung zum Trotz.

Der Tag vorm Balkon entfaltet sich zu voller Pracht. Viele Menschen sind unterwegs, dennoch ist es überraschend friedlich draußen. Es sind ja keine großen Gruppen da; die meisten spazieren zu zweit oder allein mit einem Hund.

Als es dämmert, ist es bereits nach 18 Uhr. Die Tage sind wieder merklich länger. Kupferfarben glühen Kondensstreifen am noch immer blauen Himmel, durchkreuzen aprikosenfarbige

Wolkenbänder. Wenig später leuchten die Sterne in unverhohlener Pracht.

„Gott liebt diese Welt" heißt es in einem Kirchenlied. Und an Tagen wie diesem spürt man das auch.

Aufräumen

Am Tag nach dem Sturm liegt tiefer Frieden über der Insel. Der Himmel, der sich gestern noch wie eine graue Betondecke über Langeoog gewälzt und ein bedrohliches Ächtzen und Stöhnen von sich gegeben hatte, zeigt sich bereits am Morgen in nahezu absurdem Blau. Ich erwache zum Trillern der Austernfischer und dem geschäftigen Geschwätz der Finken und Spatzen; die noch regennassen Primeln auf meinem Balkon sehen, von der Sonne beschienen, aus, als hätte sie jemand mit Strasssteinen beklebt.

Mit Freude ziehe ich den Vorhang beiseite, in der Geborgenheit meines kleinen Refugiums, mit dem Blick in die Welt.

Letztes Jahr stapelten sich Anfang März noch die Eisschollen am Strand. Der Balkon war eine graubraune Ödnis aus entlaubten Stauden und dunkler, hartgefrorener Erde in leeren Kästen. Nun aber ist jeder Frost in weiter Ferne; die Temperaturen halten sich seit Wochen zweistellig und es ist kein Ende in Sicht.

Ich bin froh darüber, die Blumen jetzt schon gepflanzt zu haben. Froh über jeden Farbtupfer in meiner Welt, froh über alles, das mich von all den Dingen ablenkt, die den letzten Winter nicht überlebten.

Die neuen Miteigentümer sanieren zurzeit, was die Wände hergeben, und da zwei Bohrmaschinen nicht schlimmer sind als eine, entschloss ich mich dieser Tage, ebenfalls zu renovieren, Möbel umzustellen, ein neues Farbkonzept zu entwerfen und ein paar neue Teile zu bauen. An Ruhe war tagsüber ja ohnehin nicht zu denken.

Die Wohnung sieht nun anders aus als vor einem Jahr; sogar neue Stühle habe ich, und dennoch fällt es schwer, sich nicht zu erinnern.

Ich streiche gedankenverloren über die Lehne des Stuhls, der dort steht, wo er damals saß, und kurz ist mir, als spürte ich die Maschen seines blauen Marinepullovers unter den Fingern, die Rundung seiner Schultern, das kurzgeschnittene braune Haar im Nacken und all das Entfremdete und Erforene in uns und zwischen uns.

Die Sonne lockt mich ins Freie. Weg von ihm, weg von allem, das mich bindet. Zu irgendwelchen Eitelkeiten treibt es mich indes nicht: Ich ziehe lediglich Gummistiefel und Parka über meine Schlafsachen und verlasse das Haus. Ein Mann mit einem eleganten Windhund an der Leine kreuzt meinen Weg. Mit leichter Wehmut schaue ich ihm hinterher. Irgendwann, denke ich, hätte ich auch gerne wieder einen Hund. Aber noch nicht jetzt. Heilung braucht Zeit.

Die Blessuren, die der Sturm der Insel zugefügt hat, sind indes längst beseitigt. Kein abgerissener Ast, kein herabgefallener Dachziegel trübt mehr das Bild der Urlaubsidylle. Die Knospen der Narzissen längs der Straße sind so prall, als sei es nur noch eine Frage von Minuten, bis sie ihre gelben Köpfchen dem Licht entgegenstrecken. Auch die See steht überraschend still, verglichen mit dem stahlgrauen Ungetüm, zu dem sie sich gestern noch aufgetürmt hatte.

An der Kirche nisten bereits wieder die Turmfalken. Der neue Kurpriester ist ein freundlicher Professor, der zugleich Ruhe und Intellektualität ausstrahlt, mit der natürlichen Souveränität eines erfahrenen Geistlichen. Morgen ist der Beginn der Buß- und Fastenzeit, und ich bin froh, mich auf diesem Überweg nicht unbegleitet zu wissen.

In der Sonne setze ich mich auf eine Bank. Sie steht an keiner besonders sehenswerten Stelle; der Blick richtet sich lediglich auf struppige Braundünen. Aber sie steht da, wo ich sein will: Inmitten des Meeres, auf einer Insel. In der Wärme der Sonnenstrahlen richte ich den Blick himmelwärts und sehe den Gänsen nach.

Kreuzfahrt I

Als ich mein Dessert beende, weiß ich nichts über die drei Damen neben mir am Bankettisch. Aber alles über die Beziehungen und Figurprobleme nicht anwesender Freundinnen der drei, inklusive allen Details zu deren Schwangerschaftsübelkeit. Letzteres Thema wird mir als unfreiwilligem Ohrenzeugen — die schlechten Wortspiele drängen hier förmlich nach oben — geradezu bröckchenweise vorgekaut und ich bin in Versuchung, als nächstes Thema „Durchfall" anzuregen. Just in case, dass diese Tischplatzierung, wie ich fürchte, über die Dauer der Kreuzfahrt dieselbe bleibt. Denn damit hätten wir alle unappetitlichen Dinge wenigstens schon am ersten Tag, nunja: abgefrühstückt.

Vor dem Fenster färbt sich der Himmel aprikosenfarben. Es ist früher Abend.

Die See ist still und liegt ruhig vor den riesigen Panoramafenstern. In dem opulent ausgestatteten Festsaal spielt eine Pianistin Flügel: Eine elegante Frau, blond und ungefähr mein Alter. Ab und zu sieht sie in die Runde und lächelt, aber natürlich ist es ein einstudiertes Lächeln; die meisten Stücke spielt sie auswendig.

Das Buffet ist nahezu obszön zu nennen in seiner Fülle, man ist quasi vom Angucken schon satt. Ich mag gar nicht darüber nachdenken, welche gigantischen Mengen an Lebensmitteln hier täglich entsorgt werden; gar nicht zu reden von der logistischen Leistung, all diese Nahrungsmittel, inklusive gewaltiger Süß- und Abwassertanks, überhaupt erst irgendwo im Gedärm dieses gigantischen, schwimmenden Stahlbehälters einzulagern.

Ich habe am Vortag nur wenig geschlafen und deshalb vor Müdigkeit kaum Appetit. Infolgedessen schaffe ich es nicht einmal, einen Bruchteil der Sachen zu probieren. Plötzlich verstehe ich auch, warum es immer heißt, Kreuzfahrten machten fett. Denn obwohl wenn man hier teils etliche Meter von A nach B zu laufen hat und es ein großes Außendeck sowie Sportangebote gibt, so sind es in erster Linie doch zwei Dinge, die Menschen hier tun: Gucken und Essen.

Im Grunde sind Kreuzfahrten alles, was ich hasse. Es ist voll, laut, bunt und größtenteils kitschig. Wenn man sich nicht gerade eine Suite leisten kann, ist es noch eng dazu; Menschen mit Adipositas schaffen es in einer der billigeren Kabinenkategorien vermutlich nicht einmal in die Dusche.

Außerdem locken sie Grüppchen an, die bei mir instinktiv Fluchtreflexe auslösen: Junggesellinnenabschiede (es dauert keine 30 Minuten, bis ich am ersten Tag eine Mittdreißigerin mit blinkendem Geweih, umringt von kichernden Freundinnen, zu sehen bekomme) und Artverwandtes.

Es ist meine erste Seereise mit Übernachtung an Bord; eine Mini-Kreuzfahrt mit jeweils 20 Stunden auf See zwischen den Landgängen.

Als ich mich nach dem Check-in in Kiel durch den schier endlosen Wurmfortsatz der Gangway, die quietschbunte Lobby und die engen Gänge zu meiner Kabine quäle, werde ich zunächst leicht klaustrophobisch und mir kommen Zweifel an diesem Vorhaben. Hinter mir gehen laut schnatternde Menschen, die mir so dicht auf die Pelle rücken, dass ich ihren Atem riechen kann.

Aber dann betrete ich die Kabine, es wird still, und vor einem riesigen Bullauge breitet sich der Blick auf das Stadtpanorama von Kiel und das glitzernde Hafenbecken. Die große Schwedenfähre am Kai gegenüber strahlt mit dem Wolkenweiß um die Wette. Ich hatte mit einem winzigen Fensterchen gerechnet; aber nun sitze ich vor diesem mindestens 1,20m im Durchmesser fassenden Riesenbullauge und starre und starre und starre, während sich mein Schiff Kurs Olso durch die Förde schiebt.

Alles sehe ich wieder, was ich schon vor Jahren augenblicklich liebte: Das Schiffahrtsmuseum, den Marinehafen (die Gorch Fock an der Tirpitzmole schmerzlich vermissend), das Marine-Ehrenmal in Laboe mit dem Museums-U-Boot davor.

Doch nun sehe ich es aus einer im Wortsinne überragenden Perspektive; das Majestätische des Schiffs übertönt das Majestätische der Landschaft und Bauwerke dabei aber keinesfalls, im

Gegenteil: Das 9. Deck der Norwegenfähre scheint mir plötzlich der einzig würdige Aussichtspunkt zu sein, um diese Dinge mit der gebührenden Ehre zu betrachten. Der Blick von hier oben adelt alles, was ihn kreuzt.

Irgendwann verlasse ich aufgrund von Hunger schließlich doch die Kabine; ich finde eine halbwegs ruhige Sushi-Bar, in der ich einen feinen Genmaicha trinke und unfassbar frischen Fisch esse: Zu Preisen, die auch nicht schlimmer sind als auf Langeoog. Und allmählich beginnt mir auch das Treiben an Bord zu gefallen.

Das sichtbare Personal besteht fast ausschließlich aus Norwegerinnen und Norwegern; die unaufdringliche, stille Höflichkeit und die kaum zu beschreibende, aber sehr angenehm klingende Sprache der Menschen gefällt mir sehr. Auch unter den Passagieren sind mehr Norweger, als ich erwartet hätte.

Viele davon sehen exakt so skandinavisch aus wie in meiner Vorstellung: Man sieht schöne Jochbeine, viel blonde und rote Haare und volle

Bärte an hochgewachsenen Männern; die Frauen haben diese kleinen, nach oben zeigenden Nasen und sind ebenfalls groß, ohne stämmig zu wirken. Und als ebenso unaufdringlich wie ihre Höflichkeit empfinde ich ihre Eleganz: Cleanes Understatement herrscht vor; die Kleidung wirkt wertig, aber nicht protzig. Die Frisuren sind natürlich, aber nie nachlässig. Der Nicht-Norweger indes kauft sich im Bordshop grobe Strickpullis, hässliche Trolle und grelle Fleecejacken mit der Landesflagge.

Ich wiederum sitze und staune und ertappe mich dabei, wie ich mich schneller ins Getriebe einfüge als erahnt. Denn schließlich mache auch ich hier unmittelbar diese zwei Dinge: Gucken und Essen.

Auf dem Höhepunkt des Sonnenuntergangs passieren wir die Große Beltbrücke. Die filigrane und dennoch gewaltige Hängekonstruktion schmiegt sich in pastelliges Licht, die Scheinwerfer der Autos und LKW darauf glitzern wie Schmucksteine. Im Hintergrund zeichnen sich dunkel die Konturen der Küste und einiger kleiner Inseln ab. Dann wird es schwarz über der See bis auf eine sattgelbe, schmale Mondsichel und das Leuchten des Schiffes, in dessen Bauch ich an einem sich leicht neigenden Schreibtisch sitze, sanftes Vibrieren unter den Füßen, das Brummen von Klimaanlage und Motoren um mich. Tatsächlich hatte ich erwartet, bei einem Gefährt dieser Größe keinerlei Schiffsbewegungen wahrzunehmen. Aber man spürt es dennoch: Sie schwimmt, und unter ihr tobt die Urgewalt der mächtigen See.

Kreuzfahrt II

Pünktlich zum Sonnenaufgang erwache ich. Die Nacht war erstaunlich ruhig, obwohl ich befürchtete, aufgrund bezechter Mitpassagiere keine Ruhe zu finden. Tatsächlich ist aber der Konsum von Alkohol in den Kabinen streng verboten und nachts patrouillieren Sicherheitsleute durch die Gänge, die vermutlich auch für Ruhe sorgen. Mit meiner Kabine habe ich aber auch erstaunliches Glück, denn zumindest die direkten Nachbarkabinen scheinen unbewohnt und sie liegt wunderbar mittschiffs, von wo man als See-Anfänger die Schiffsbewegungen noch am Wenigsten spürt.

„Wetter soll ja nicht so toll sein", unkte eine Bekannte vor meiner Anfahrt. „Regen und Kälte sind mir egal, erwiderte ich. Aber klar sollte es sein, mit guter Sicht. Wäre schon schade, wenn alles im Nebel läge."

Es hätte nicht schöner werden können. Schon am frühen Morgen hat die Sonne trotz eisigen Winds schon wärmende Kraft. Einige Arbeitschiffe sind unterwegs; auch der Zoll auf einem schnellen Schlauchboot.

Ich gehe das Promenadendeck entlang bis zum Bug; das Schiff schlägt einen eleganten Wellenteppich in die tiefblauen Wasser, während die Sonne allmählich über die Wipfel verschneiter Mischwälder kriecht.

Wir sind in Norwegen angekommen, und ich verstehe Augenblicklich, warum Norwegen vielen als Sehnsuchtsland gilt. Alles sieht genauso aus, wie ich es mir immer erträumt habe. Bunte

Häuschen und kapellenähnliche Leuchttürme auf kleinen Felsinselchen, umkreist von Seevögeln. Noch im Morgendunst liegende, bewaldete Bergketten, zwischen denen Fjorde glitzern. Und über all dem liegt Schnee, der die falunroten und gelben und blauen und cremefarbenen Fassaden umso pittoresker leuchten lässt. Auch die Zweige der mächtigen Kiefern und Fichten biegen sich unter dem Weiß, darunter das satte Grün unberührter Wildnis. Mich würde nicht wundern, hier Wale zu sehen. Oder einen Elch.

Ich kann den Blick nicht losreißen. Mit jedem Mal, das ich mich vom Fenster wegdrehe, scheine ich eine noch schönere Szenerie zu verpassen, obwohl ich schon die jeweils vorherige kaum für steigerungsfähig hielt. Es ist nicht einmal sieben Uhr, und ich bin vollkommen euphorisiert.

Beim Frühstück (in gleicher Opulenz wie das Abendessen) habe ich dieses Mal angenehme Renter als Nachbarn. Sie stammen dem Akzent nach vermutlich auch aus Norddeutschland, wenn nicht gar Ostfriesland. Die meiste Zeit aber sind sie still und berauschen sich, ebenso

wie ich, an der Landschaft, die am Panorama-
fenster vorbeigleitet.

Den Rest des Morgens verbringe ich in vollkommen schönheitstrunkener Ergriffenheit in
der Sonne auf dem Helikopterdeck, bis Oslo in
Sichtweite kommt.

Die Einfahrt in den Oslofjord ist unvergess-
lich. Auch hier ist ein Inselchen schöner als das
andere, ein Leuchttürmchen malerischer, dazwischen wieder bunte Häuschen und Wald, Wald,
Wald. Und Wald.

Als das markante Opernhaus in Sichtweite
kommt, fordert eine Lautsprecherdurchsage das
Fertigmachen zum Landgang.

Drei Stunden Stadtrundfahrt mit Halt an drei
Sehenswürdigkeiten später kann ich nicht sagen,
ob mir Oslo gefällt. Ich fühle mich wie Ware, die
durch eine vielteilige Produktionsanlage ge-
schoben und dort rauf und runter gefahren,
nach links und nach rechts und mehrfach im
Kreis gedreht wurde, um am Ende in jeder Hin-
sicht fertig vom Band zu rutschen. Mit Sicherheit
sind die Museen, die wir besuchten, interessant

und die Altstadt bezaubernd; auch Architektur-
freunde kommen sehr auf ihre Kosten. Aber es
ergibt wenig Sinn, zu Dutzenden auf einmal
hinein gestopft und im Schweinsgalopp durch-
gejagt zu werden: In 20 Minuten zurück am Bus,
und bitte alle pünktlich.

Jedenfalls sind die drei Stunden Stadtrundfahrt
in Nullkommanix vorbei, ohne dass wirklich
Gelegenheit zum Ankommen und Verarbeiten
der Eindrücke gewesen wäre. Aber für einen ersten Überblick muss es reichen.

Es geht zurück aufs Schiff. Die vielen Norweger
an Bord sind in Oslo geblieben, und zuletzt verstand ich auch, warum diese Kreuzfahrt auch
dort so beliebt ist, obwohl Kiel nicht als gerade
als klassisches Touristenziel gilt: Fast alle verließen das Schiff mit riesigen „Tax free"-Tüten voller Alkohol. Helgoland kann hier mitreden.

Die katholische Domkirche St. Olav habe ich leider nicht gesehen. Ich fragte die Reiseführerin
danach, aber sie fragte nur, warum mir das
wichtig sei. Ich führte solidarisches Interesse an

der Diaspora-Situation der norwegischen Katholiken als Grund an und dachte, nach einem kurzen Moment der Verwunderung, dass das eigentlich eine sehr gute Frage ist. Warum ist GOTT mir wichtig?

Beim Auslaufen und auf der Rückreise durch den Oslofjord — der Himmel über uns ist immer noch strahlend blau und die Sonne spiegelt sich in den Eisschollen — fallen mir Tausend Antworten auf diese Frage ein. Und dann noch eine und noch eine. Man muss einfach nur hinsehen.

Kreuzfahrt III

Am nächsten Morgen, dem Tag der Rückreise nach Kiel, ist es diesig am Horizont. Regen peitscht an das Bullauge. Nichtsdestotroz schiebt sich die Sonne ungerührt als blassorangefarbener Ball über den Horizont; in zwei Hälften zerteilt durch ein violettes Wolkenband. Die Küste ist kaum zu erahnen.

Kurz gehe ich auf das Außendeck, aber als mich eine Böe fast von den Füßen holt, breche ich das Vorhaben ab und reihe mich überpünktlich vor dem Frühstücksrestaurant in die Wartenden ein. Als sich um 7 Uhr die Schiebetüren öffnen, wird gerannt, als ob es nie wieder Essen gäbe. Ein Mann rempelt die Frau vor mir grob an, sie meutert verständlicherweise; er dreht sich nicht einmal um. Ein anderer Mann schneidet mir dreist den Weg ab, als ich auf einen schönen Tisch zusteure, und wirft seine Jacke in einer Weise über den Stuhl, wie ein Neanderthaler vermutlich das erlegte Mammut vor die Höhle warf: Animalische Wildheit und Triumph im Blick. Ich lasse dem Mitgeschöpf seine Beute und ziehe einen Tisch weiter; denn tatsächlich gibt es in dem riesigen Restaurant auch noch mehr freie Fensterplätze.

Das Servicepersonal ist, die nötige ruhige Autorität verkörpernd, freundlich und von beeindruckender Effizienz wie immer. Am Buffet, denke ich, offenbart der Mensch seine ganze Hässlichkeit. Aber darüber hat ja bereits Reinhard Mey einmal gesungen.

Ich esse bewusst nur magenfreundliche Dinge, denn nach der wirklich besten und professionellsten Massage meines Lebens am Vortag möchte ich den 24-Stunden-Pass für den schiffseigenen SPA noch einmal nutzen. Die große, brünette Physiotherapeutin von gestern tut auch an diesem Morgen Dienst. Sie spricht, wie wohl fast alle Menschen in Skandinavien, hervorragendes Englisch und vermutlich auch Deutsch, aber ich bin froh, selbst einmal wieder Englisch reden zu können und so belassen wir es dabei.

Schlimm genug, denke ich, dass viele meiner Landsleute das erstens gar nicht können und es zweitens (was schlimmer ist) auch noch dem Gegenüber zuschreiben, wenn der oder diejenige das grottige Englisch des deutschen Touristen nicht versteht. Notabene: „Wonn Koffi änt wonn Kakao!" kommt nicht besser an, wenn man es in der Wiederholung brüllt. Und ein „please" oder „thank you" sollte man noch vor „coffee" im Repertoire haben. Eigentlich.

Jedenfalls verbringe ich, nach einem kurzen Gespräch mit der netten Dame und ihrer ebenso unaufdringlich-freundlichen Kollegin, den Rest des Morgens im Jacuzzi dümpelnd. Vor mir tranieren zwei norwegische Hünen im Fitnessbereich. Ein Steward in dunkelblauer Uniform tritt hinzu und redet leise mit ihnen. Als sie ihm im Gespräch ihre Gesichter zuwenden, schätze ich die beiden auch schon auf Ende Dreißig, vielleicht sogar mein Alter. Möglicherweise gehören sie ebenfalls zur Belegschaft; in einem Bereich, für den man körperliche Fitness braucht, ich tippe auf Security. Für mich indes war das Erklimmen der Leiter zum Whirlpool schon genug des Frühsports, wiewohl ich die Männer natürlich ein bisschen um ihre Figur beneide. Aber: *De nihilo nihil*, wie schon Lucretius wusste.

Im Anschluss gehe ich in die Sauna; auch diese mit Blick aufs Meer. Sogar ein anderer Mann ist um diese Uhrzeit schon da, die Saunen sind hier geschlechtergetrennt. Aber er sauniert vorbildlich, im Gegensatz zu dem Ferkel, das hier am Vortag — ohne jedes Handtuch und in Badehose — ins Holz schwitzte und in mir leichten Ekel hervorrief: Es war ein Deutscher. Mit dem Thema „Peinliche Landsleute im Ausland" ließen sich wohl wirklich Bücher füllen.

Die Abreise naht. Schweren Herzens verlasse ich das riesige Schiff, es bleibt noch ein wenig Zeit für den letzten Rundgang durch Kiel. In St. Nikolaus ertönt die Orgel, als ich dort um Segen für die Weiterreise bitte. Der Kantor probt wohltönend seinen Antwortpsalm.

Durch die Norwegenfähre wieselt unterdessen die Putzkolonne. Am späten Mittag wird sie erneut auslaufen, und ich wünschte, der dunkle, satte Klang ihres Horns würde mich noch erreichen: Im Zug, irgendwo vor Hamburg. In meinem Herzen formen sich Sehnsucht und Glück zu einem Versprechen der Wiederkehr.

Abbruch

Kurz vor der Abbruchkante lege ich mich flach auf den Sand und robbe die letzten Meter, um einen Blick hinunterzuwerfen. Übermannshoch geht es dort inzwischen senkrecht hinab; die

Menschen, die am Flutsaum spazieren gehen, wirken klein wie Spielfiguren. Dahinter tobt eine wilde See.

Die Sandaufspülungen der letzten Jahre haben den Fraß der Wogen vom Dünenfuß ferngehalten: Das ist gut. Stattdessen aber gibt es nun diese Kante und Schilder, die auf die damit verbundene Gefahr hinweisen.

Nachdem ich in die Tiefe fotografiert habe, drehe ich mich auf den Rücken und betrachte den Himmel über mir. Er ist tiefblau mit einzelnen, stillen Wolkenbäuschen. *„Sie war sehr weiß und ungeheuer oben"*, zitiere ich nahezu zwangsläufig den Brecht in Gedanken; kein Sympath, aber ein Genie zweifelsohne: Wie so viele.

Vor ein paar Tagen war es zum ersten Mal warm in diesem Jahr. Das Thermometer am alten Hospiz zeigte 18°C. Am Strand wateten die ersten barfuß durchs Wasser; die See lag noch still und Lachmöwen, das Brutkleid schon fast voll ausgefärbt, gruben nach Beute im Schlick. Die warme, feuchte Luft tat den winterwunden Lungen wohl. So hätte es bleiben können.

Aber am Wochenende kehrte der Sturm zurück, warf eine wütende See gegen den Strand und fräste die Abbruchkante in ihre imposante Form.

Es ist wieder kühler geworden, so, als könne sich der Frühling noch nicht recht entschließen. Nur bei den Tieren lässt er sich nicht mehr aufhalten.

Zurück im Dorf sitzen zwei Austernfischer auf einem Dach. Ich sehe zu ihnen hoch und erinnere mich an die Zeit, in der ich diese Vögel noch mit unbändigem, euphorischen Staunen wahrnahm; kannte ich sie doch vorher nur aus Freiflughallen in diversen Zoos.

Seit einem halben Jahrzehnt nun sind sie für mich Alltag. Aber bei Weitem noch nicht alltäglich.

Warum sollte hier auch Routine einkehren? Auf einer Insel, inmitten der Nordsee, die ja im Grunde kaum mehr ist als eine nur mühsam der See abgerungene Ansammlung von begrüntem und bebautem Sand.

Der Strand sah noch nie so aus, wie er heute aussieht. Und er wird nie wieder so aussehen, wie er heute aussieht. Auch das Dorf verändert sich stetig: Altes weicht, Neues wird errichtet; von der Fluktuation der Menschen ganz zu schweigen, sei es durch Wegzug (freiwillig oder einer Not gehorchend) oder durch den Tod.

Manchmal fahre ich am Haus unseres alten Hausmeisters vorbei. Er starb an einem strahlend schönen Tag im letzten Sommer. Gelegentlich bewunderte er die Blumen auf meinem Balkon, wenn er darunter den Rasen mähte, und ich winkte ihm, wenn ich ihn zwischen seinen eigenen Blumen im Garten stehen sah; auf eine Schaufel gestützt oder mit der Schubkarre in den Händen.

Das Haus ist nun fast ausgeräumt und schaut stumm aus dunklen Augen, irgendwer hat es gekauft, hörte ich; vermutlich jemand, der hier schon viele Häuser hat. Der Garten des Hausmeisters ist verwildert, doch irgendwo brechen sich noch die Narzissen und Krokusse des Vorjahres Bahn. In einem der Fenster hängt eine kleine Dekoration, die man abzunehmen vergaß. Ein Überbleibsel Alltag von jemandem, der auf Erden nicht mehr existiert. So wie es einst mit jedem von uns geschehen wird. Und mit den Sachen, die wir liebten.

Den kleinen Glasengel, der bei mir im Fenster hängt, schenkte mir ein Zisterziensermönch. Er ist genauso grün wie meine Vorhänge, obwohl der Mönch die Vorhänge nicht kannte. Umso mehr mag ich, dass er nun in meinem Fenster hängt, aber für Außenstehende ist auch dieser Engel nur irgendeine Dekoration.

Vielleicht wird man ihn ebenfalls vergessen abzunehmen, wenn ich mal nicht mehr bin und meine Wohnung aus dunklen Augen stumpf auf die Straße blickt, denke ich, mit vertrocknenden Blumen in den Balkonkästen.

Natürlich macht mich dieser Gedanke traurig; zugleich wird mir aber bewusst, wie wichtig es ist, sich nicht an Irdisches zu klammern und Materiellem keine Macht zu geben; nicht mehr, als zum physischen Überleben notwendig ist. Und auch Menschen sollte man diese Macht nicht geben. Wir stehen eines Tages alle allein vor dem Schöpfer. Vielleicht legt dann ein Vorausgegangener ein Gutes Wort für uns ein: Das mag sein.

Aber Denunziation, Verleumdungen, Machtspiele, Klüngelei, Korruption: Das wird es dort sicherlich nicht mehr geben. Gott weiß, ob wir gut waren. Wir können uns das nicht kaufen. Nicht erschleimen, nicht ermobben, nicht rauben. Wir müssen es sein. Eine Aufgabe, die einfach scheint, die es aber, wie wohl jeder weiß, nicht ist.

Niemand ist immer und ständig gut, aber die Entscheidung zum Bösen ist genau das: Eine Entscheidung. Das Meer kann sich nicht entscheiden, ob es die Insel beschädigt oder nicht. Als Mensch aber kann man das. Man kann sich aussuchen, wie man seinen Platz auf dieser Welt, auf dieser Insel hinterlässt.

Ich denke über die Abbruchkanten in meinem Leben nach. Manche, so scheint es, waren unvermeidlich. Viele schlug ich selbst, über andere hatte ich keine Gewalt.

Man kann dann noch eine Weile am Ufer stehen und sich nach der Zeit sehnen, als alles noch eine glatte, lichtüberflutete Ebene war; als man seine Füße in warmen, weichen Sand grub, und vielleicht gab es noch ein Paar geliebter Füße daneben, und treue Pfoten hintendrein. Aber letztlich gibt es doch nur zwei Möglichkeiten: Man räumt das Feld und geht dahin, wo es ungefährlich ist. Oder man bestellt das Baggerschiff, das den Abbruch zuschüttet, und den Trecker, der die Kante glättet. Der Sturm aber lässt sich nicht zähmen.

Sand

Wie im letzten Jahr, war auch jetzt die Zierkirsche hinterm Bahnhof der erste Baum in Blüte. Es war entsetzliches Wetter, als ich sein Aufblühen bemerkte; ich fotografierte die zarte Pracht unter schiefergrauem Himmel. Zuhause löschte ich die Bilder wieder, denn auf die Linse war, von mir unbemerkt, Sprühregen gefallen. Inzwischen haben sich der Zierkirsche noch etliche andere Bäume angeschlossen und bald wird die Insel von herabgefallenen Blütenblättern überzuckert sein wie vor wenigen Wochen noch vom Schnee.

Auch das miese Wetter ist einmal mehr Geschichte: Eine sonnige Woche steht bevor. Die Ostertage sind nah und Langeoog füllt sich.

An das letzte Osterfest kann ich mich kaum erinnern. Von meinen Eltern kam wohl ein Päckchen, und auch in der Kirche bin ich gewesen, das weiß ich. Ich beichtete die Sache mit dem Mann bei einem Priester, der mir nicht besonders sympathisch war. Das nahm zwar nichts von der Peinlichkeit, das Desaster auf den kerzenbeschienenen Tisch zwischen uns zu packen, verringerte aber andererseits die Furcht davor, was der Priester danach über mich dachte, weil es mir schlicht egal war. Ich sah auf die violette Stola mit den Kreuzen; sein Gesicht erinnere ich nicht.

Der Priester hörte sich die Sache regungslos an, gab mir irgendetwas auf Latein zur Buße und erteilte die Absolution. Vor dem Beichtzimmer scharrte das nächste reuige Schäfchen mit den Hufen.

Ich saß danach noch eine Weile in der Bank, klamüserte mir das Latein aus dem Gotteslob zusammen und sah in den leeren Altarraum.

Der Mann sollte verschwinden. *In saecula saeculorum.*

Und nun blicke ich ein Jahr zurück und stelle nicht ohne ein Quäntchen Stolz fest, dass ich es tatsächlich geschafft habe, ihm nicht nenneswert nachzutrauern: „Gott, nimm das von mir." Ich wurde erhört.

Es ist ein schönes Gefühl, niemanden zu vermissen. Und ein noch schöneres Gefühl, sich in Liebesdingen mit nichts zu quälen. Es ist schön, frei zu sein.

Wieviel mehr gelingt mir doch der Blick auf die Welt, denke ich, wenn ihn kein Mensch mehr verstellt? Wenn nur noch das weiche Licht platonischer Verhältnisse das Alltagsgrau erhellt anstelle der gleißenden Verblendung oder der Höllenschwärze einer erotisch-romantisch konnotierten Verbindung, je nach aktuellem Grad des „Es-ist-kompliziert"? In den aktuellen Diskussionen wird der Zölibat immer als große Qual hingestellt, als etwas, das nur Probleme schafft. Als etwas, das nur nimmt. Mir nimmt ein enthaltsames Leben vor allem Last: *Know your enemy.*

Dieser Tage sah ich ein Bild von jungen Novizen in einem Klostergarten; auch dort blühten die Bäume und ich beneidete die Männer um ihre Jugend, den schönen weißen Habit und die sichere Zukunft, die vor ihnen lag. Ich hätte mich in diesem Alter nicht zu einem solchen Leben entscheiden können. Ich hätte die Klostermauern als Einsperren gesehen, als Beschneidung von Freiheit. Nicht als Schutzraum, in dessen festen Grenzen man sich zu einer ganz besonderen, heiligen Form von Freiheit aufschwingen konnte. Ich hätte nicht geglaubt, dass einem die Liebe zu Gott, wenn man sie erst einmal im Herzen genährt und großgezogen hat, tatsächlich reichen kann. Und nun muss ich mir eingestehen, dass all die Freiheiten, die ich stattdessen draußen gesucht hatte, keine waren. Und das, was ich für Liebe hielt, auch keine Liebe. Ich werde in diesem Leben wohl kein Mönch mehr, aber ich hoffe, die jungen Männer halten durch.

Auf meinem täglichen Weg zum Strand sehe ich mich um und sinne, angesichts der Weite des

Meeres und des Himmels über mir, noch einmal über den Begriff der Freiheit nach.

Nein, denke ich. Es waren nicht alle Freiheiten, die ich mir suchte und schuf, eine Illusion oder gar destruktiv. Diese hier, beispielsweise, war gut. Den Traum zu haben, ans Meer zu ziehen, und dann zu entscheiden: Ich mach das jetzt. Es ist das sechste Jahr, und ich bereue nichts.

Und nur hier, denke ich, während ich, von Frieden erfüllt, meine Spuren in den Sand setze, konnte ich überhaupt die andere Freiheit finden. Und die andere Liebe. Ohne das vorherige Verlorensein, ohne das Einschlagen des neuen Weges hätte ich Gott wohl nie gefunden, so wie man auch das Licht eines Leuchtturmes nicht wirklich sieht, solange man an dessen Fuße sitzt.

Aus kirchenrechtlicher Sicht mag ich ein wandelndes Weihehindernis sein, aber es tut dennoch gut, Gott ein Versprechen zu geben: In aller Freiheit. Und für die Freiheit.

Ich denke an den Mann und versuche, irgendetwas von den Gefühlen wieder hervorzuholen. Ich höre all die traurigen Liebeslieder in meiner

Playlist, aber ich kann diese Verzweiflung nicht mehr fühlen, dieses Obsessive und Verzehrende. Und auch nicht die Euphorie. Ich kann nicht mehr auf diese Weise lieben, zumindest ihn nicht. Da ist nichts mehr.

Vielleicht noch eine diffuse Zärtlichkeit, wenn ich an die guten und schönen Dinge denke, die er für mich getan hatte. Wie er meinem Hund half oder per Express einen Adventskalender schickte, als ich am 1. Dezember in einem Nebensatz erwähnte, dass ich gerne einen hätte. Dieser Tage fand ich den Adventskalender wieder. Er war ein bisschen verbogen, weil ich ihn ganz hinten im Schrank vergraben hatte, damit ich ihn nicht ohne Weiteres wiederfinde; aber wegwerfen wollte ich ihn auch nicht. Ich zog ihn hervor, und als ich ihn glättete und wieder ins Fach zurückschob, klebte Glitzer an meinen Fingern. Ich sah ratlos auf meine Fingerkuppen; sie glitzerten wie damals noch jeder Gedanke an ihn geglitzert hatte, und nun blieb von ihm nur ein verbogenes Stück Pappe mit frommen Sprüchlein hinter halb abgerissenen Türen.

Gedankenverloren nehme ich etwas Sand in die Hand und lasse ihn durch die Finger rinnen. Im Licht des verblassenden Tages beginnen auch die Sandkörner zu glitzern. Ich werfe eine Faustvoll davon ins Meer. Dann gehe ich weiter.

Übergang

„Damit, dass Strom und Bäche vom Eise befreit sind, ist wohl zu rechnen" schreibt mir ein Freund aus seinem Osterurlaub. Die Postkarte — er schickt immer Postkarten statt E-Mails — zeigt einen alten, ledernen Reisekoffer, aus dem Frühlingsblumen quellen.

Und Recht hat er, denn tatsächlich scheint der Winter seit Wochen schon Lichtjahre entfernt zu sein. Es ist das wärmste und sonnigste Osterfest, an das ich mich auf der Insel erinnere, und ich denke nur ungern an das letzte eisige Frühjahr zurück.

Nach emotional wie beruflich anstrengenden Tagen mache ich mich auf zu einem Abendspaziergang ans Meer. Am Strandübergang fotografieren zahlreiche Menschen mit Smartphones den Sonnenuntergang, und ich muss lächelnd an einen brillanten amerikanischen Comic denken, der eine fluchende Sonne zeigt, die sich darüber aufregt, nie mehr unbehelligt ein Nickerchen machen zu dürfen. Zweifelsohne: Hätte ich irgendeinen Apparat dabei, würde ich ebenfalls ein Foto machen.

So aber halte ich den Anblick nur für einen Moment im Herzen fest: Die silbernen, über die Mondlandschaft des Strandes mäandernden Priele, die im Schlick glänzenden Muscheln, Möwen im Gegenlicht, blaue Umrisse großer Frachtschiffe auf Reede, darüber der tiefrote Sonnenball.

Um diese Zeit verändert sich die Insel, insbesondere der Strand, täglich. Mit routiniertem Bienenfleiß werden neue Strandkörbe herangekarrt, Plankenwege verlegt, Spielgeräte installiert. Mit den frisch verlegten Wegen sieht es nun schon aus wie im Sommer, und im Augenwinkel meiner Erinnerung erscheint mir ein Bild vom letzten August. Der Sand war warm unter den Füßen, neben mir ging der Mann, dessen schöne Figur mir im Gedächtnis blieb, mit seinen perfekt sitzenden Polohemden und Chinohosen, die Sandalen in der Hand. Schlanke Finger, Flötistenhände. Es war gut, dass er da war, denn sein Besuch machte das vergangene Frühjahr schon etwas weniger kalt. Er ist auch immer noch da, und also besteht kein Grund für Wehmut. Vielleicht sehe ich ihn sogar wieder, irgendwann. „Komm mal zu mir", sagt er, aber ich weiß nicht, ob er das wirklich meint; seine Stadt suchte ich dennoch auf der Landkarte.

Die Erinnerung an den Sommer tut wohl. Und doch wird auch diesen Sommer die Insel wieder anders sein; es ist ja jetzt schon alles anders: Das neue Hotel, dessen Dachaufbau je nach Perspektive wie ein Zinksarg aussieht, die offenen Baustellen, die mit Steinen zugeschütteten Vorgärten, die pflegeleicht sein sollen, aber aussehen wie Gräber.

Sogar der schöne Windflüchter, der die Straße zum Strand seit vielen Jahren wie ein Torbogen überspannte, lag die Tage kleingehäckselt neben seinem Stumpf. Er war wohl morsch geworden und stand die letzten Monate schon mit einem

Seil ans Haus gebunden, aber schade ist es um ihn doch.

Und so wendet sich, wiewohl ohne Veränderung kein Fortschritt möglich ist, nicht immer alles zum Guten. Auch unter den Menschen auf der Insel liegt zurzeit vieles brach und einige Abgründe offen, in die man lieber nie geblickt hätte. Wahlen stehen an. Ich betrachte die Muscheln am Strand, wie sie dort liegen, wo sie eben liegen, und denke, dass das im Dorf auch bald wieder wünschenswert wäre: Alle nehmen ihren Platz ein, so gut es eben geht. Einige liegen in Grüppchen, andere einzeln; keiner urteilt. Niemand bringt sich bewusst in Position, niemand drückt einen anderen mutwillig in den Schlick. Einige sind oben, andere unten, und mit der nächsten Welle kann sich das schon wieder ändern. Und zumindest darin, denke ich, ist es mit der Lokalpolitik ja nicht unähnlich: Man muss den Tiden ihren Lauf lassen und sehen, was sie bringen.

Dunkel

Es sind leere Tage. Die Osterfeierlichkeiten sind abgeebbt, die Narzissen am Straßenrand verblüht, die Rosen noch nicht geöffnet. Die Kirche ist schön geschmückt; eine weiße Stola, die das Kruzifix ziert, kündet noch von der Freude der Auferstehung. Einer der Vorteile des Katholischseins ist ja, dass man noch bis Pfingsten Ostern hat, während beim Protestanten schon nach Ostermontag Schluss mit Feierlich ist.

Dennoch verlässt mich seit einigen Tagen dieses Karsamstagsgefühl nicht: *Hello darkness, my old friend.* Es herrscht Grabesruhe.

Auch die Wärme der letzten Tage ist abgeklungen, was immerhin den Vorteil mit sich bringt, weniger Pflicht zum Rausgehen zu empfinden, sofern es die Arbeit nicht ohnehin verlangt. Man kann auf dem Bett liegen, erschöpft, schlummernd, sinnierend. Peter Gabriel hörend oder Belle and Sebastian, oder Mendelsson und Bach. Man kann über das Weltgeschehen nachdenken, über Gott, das Leben als solches, die Kunst oder versuchsweise auch einmal über gar nichts.

Freilich gelingt Letzteres kaum, denn die Nachrichtenlage ist desaströs, die Menschheit verkommt, so hat es den Anschein, aller positiven Gegenbeispiele zum Trotz. Selbst in Kirchen wird gemordet. Der Planet überhitzt. Die Menschen erkalten. Schwarz und Weiß. Häme und Hype. Fast nur noch Extreme scheint es zu geben. Und Stille wird zunehmend zum Luxusgut.

Ich denke an Ostern. Ich mag Ostern lieber als Weihnachten; nicht nur, weil es auch kirchlich der höchste Feiertag ist oder wegen der frischen Frühlingsfarben; Nein. Vor allem mag ich es wohl, weil das heilige Triduum die komplette Bandbreite menschlichen Daseins abbildet, mit allen denkbaren Höhen und Tiefen. An Ostern muss man keinen Schwermut verstecken, keiner seine Narben, kein Kreuz, das man zu tragen hatte. An Ostern darf man traurig sein, zumindest bis zum Ostersonntag. Und am Karfreitag und -samstag gebietet es die Pietät sogar, nicht glückssprudelnd über die Wiesen zu turnen.

Freilich wird auch an vielen anderen Tagen im Kirchenjahr für die Kranken und Alleinstehenden und Ausgeschlossenen gebetet, für die

Bespuckten und Geprügelten und Geschändeten dieser Gesellschaft (und einige Betende mögen das sogar ernst meinen), aber wirklich sehen will man diese Leute doch lieber nicht: Man könnte ja selbst dazu gehören, irgendwann. „Ich umgebe mich nicht mit Leuten, die im Leben immer nur Pech haben. Das überträgt sich", erzählte mir einst eine Person, die später übrigens in der Seelsorge arbeitete. Was soll man dazu noch sagen?

An Ostern dagegen muss man hinschauen, zumindest IHN anschauen, wie er da hängt in seinem Leid: Bespuckt, geprügelt, geschändet. Und dann, Karfreitag, kommt der Moment, an dem alles leer wird. Die Kirche wird ausgeräumt. Der Tabernakel, die Stühle, die Pflanzen und Kerzen — alles weg; sogar das Weihwasser wird entleert. Es wäre ein kaum zu ertragender Zustand, mit der Einsamkeit der Jünger und Mariens in fast greifbarer Intensität, wäre da nicht die Hoffnung.

Die Hoffnung auf das Licht.

Am Ostersonntag wird es hereingetragen. Und der Priester befreit den HERRN mit ehrfürchtiger Geste von seiner Umhüllung. Zwar hängt ER auch danach noch am Kreuz, um zu erinnern, was er für uns gab — aber wir wissen, dass er auferstanden ist, dass kein Leid für immer ist; nicht einmal der Tod. Auch der Alleingelassenste erfährt, wie es ist, bedingungslos geliebt zu werden. Und auch der größte Sünder erfährt Vergebung.

Zur Hoffnung gesellen sich also Liebe, Zuversicht und Barmherzigkeit; dazu der Trost und die Gnade — Alles, was der Welt so oft fehlt.

Die Erinnerung an die immer wieder ergreifende Feier der Osternacht und das Wunder der Auferstehung bringt auch in mich einen Hauch Leben zurück. Und so schaffe ich es doch irgendwann, vor die Tür zu gehen: Zuerst ein winziges Stück. Und dann immer weiter.

An den Seen huschen kleine Graugänschen durchs Gras, noch ganz zerrupft wirkende junge Pfuhlschnepfen durchschreiten das stille Wasser, und ich frage mich, ob sie wohl ihr Spiegelbild wahrnehmen, das sich dort deutlich abzeichnet. Eine Sturmmöwe späht nach Eiern. Strandnelken blühen. In einer Mulde verrottet der Kadaver eines Feldhasen. Es gibt nichts Schönes ohne das Hässliche. Kein Licht ohne Dunkel. Man kann nicht die Augen davor verschließen: Vor beidem nicht.

Mit etwas mehr Licht in der Seele, wiewohl mit bleischweren Gliedern, gehe ich nach Hause. Die Depression ist kein Freund geworden mit all den Jahren. Aber man lernt zu koexistieren. Man lernt zu siegen.

Let me step out of my shell
That's wrapped in sheets of milky winter disorder
Let me feel the air again, the talk of friends
The mind of someone my equal
I want the world to stop
(I want the world to stop)
Give me the morning
(Give me the understanding)
I want the world to stop
(I want the world to stop)
Give me the morning
give me the afternoon
the night

(Belle and Sebastian, „I want the world to stop", © Sony ATC Music)

Pfade

Zum Strand hinab führt ein neuer Plankenweg. An den Stellen, wo die Maisonne den Morgenregen noch nicht ganz aus den Bohlen gesogen hat, duftet er noch nach Holz.

Wo der Dünenfuß endet, gabelt er sich. Er wurde erst heute verlegt, eine frische Treckerspur führt von ihm weg zum nächsten Dünenübergang.

Über leuchtend grünem Strandhafer spannt sich ein preußischblauer Himmel, an dem bauschige Wolken treiben.

Die Weggabelung, die frischen Spuren im Sand — all das erinnert mich an die Modelleisenbahn, die ich einst hatte; die kleine Landschaft aus Wegen und Weichen, die alte Dampflok mit ihren grünen Waggons. Ich war sehr glücklich, als ich sie bekommen hatte und spielte gerne damit. Mein Vater hatte die Gleise zum Kreis um den Weihnachtsbaum gelegt, später half er mir, ein Bahnhofsgebäude dazu zu bauen, die winzigen Details klebte er mit chirurgischer Präzision zusammen: Ich hatte dafür weniger Talent. Auch einen mit grünem Kunstgras beflockten Hügel gab es; ein Tunnel darin, in den die Bahn fauchend und stampfend einfuhr. Für den kleinen, blauen See aus Kunstharz machte ich Schwäne aus Knetmasse.

Die Weichen verstellte man mit einem kleinen Hebel. Ab und zu entgleiste die Lok. Ich nahm sie dann immer in den Arm, tröstete und tätschelte sie und setzte sie behutsam wieder aufs Gleis. Als könne eine Lok aus Gusseisen weinen.

Vor der Weggabelung, an der ich nun stehe, liegt statt des Kunstharzsees der Priel. Brandenten gründeln darin. Es ist kurz vor Sonnenuntergang und sehr friedlich: An einem schönen Maitag eine Kostbarkeit.

Außer mir sind nur wenige Menschen da. Ein älteres Paar redet leise im Strandkorb, ein Hund jagt japsend an mir vorbei.

Ich bin dankbar, hier Zuhause zu sein. Und dennoch macht mich das Betrachten der Pfade ein wenig nachdenklich.

In Kürze wird mich mein Weg wieder zurück ins Kloster führen. Ich freue mich sehr auf den Konvent. Die Stille, die Einfachheit und Klarheit eines streng geregelten Lebens. Die Mönche, von denen einer inzwischen zum Freund wurde. Die fremd-vertrauten Wälder und Seen meiner Kindheit. Ich bin erschöpft.

Es ist doch so wunderschön hier, sage ich mir, die glänzende Meeresoberfläche betrachtend, unzählige Menschen lassen einen Riesenhaufen Geld auf der Insel, um sich hier zu erholen. Warum, frage ich mich, muss ich dann ins Ruhrgebiet, um wieder Kraft zu finden?

Ich habe den schönstmöglichen Alltag, den ich mir vorstellen kann, und dennoch brauche ich Urlaub von alledem. Was stimmt da nicht?

Vermutlich genau das: Es ist Alltag. Trotz aller Dankbarkeit. Trotz aller Schönheit. Trotz aller Liebe. Und wäre ich Mönch, würde ich stattdessen wohl genau das hier vermissen.

Ich denke zurück an die Modelleisenbahn und wie es war, alle Pfade und Weichen in den Händen zu haben, sogar die Tunnel, die Berge und Seen. Im Leben geht das nicht. Es ist viel Unruhe in der Welt zurzeit.

In wenigen Tagen ist Europawahl und ich empfand diese Staatengemeinschaft, die ich von

Anfang an befürwortet hatte, nie zuvor als so fragil wie heute. Fast möchte ich mein entgleistes Europa wie damals die Lok in die Arme nehmen, tätscheln, trösten und dann zurück aufs Gleis setzen — und zwar auf eines, das in die richtige Richtung führt. Aber welche ist das? Und letztlich fuhr ja auch meine Bahn nur immer im Kreis.

Mein Weg führt zurück in den Ort. Über die vergoldeten Dünenkuppen erhebt sich der Turm von St. Nikolaus. Meine Kirche, meine Konstante. Oder? Aber selbst diese jahrhundertealte Instutution steht zurzeit auf tönernen Füßen und an allen Ecken und Enden wird daran gefeilt und gezerrt. Dieser Tage war eine Gruppe Aktivistinnen hier, die sich unter anderem für ein Frauenpriestertum stark machen, den Zölibat ablehnen und die katholische Kirche an vielen Stellen zu modernisieren planen. Etliches davon hatte vor einigen Jahrhunderten bereits ein entlaufener Augustinermönch umgesetzt, dem wir einige sehr schöne Kirchenlieder, eine beeindruckende Bibelübersetzung ins Deutsche, aber eben auch eine Kirchenspaltung verdanken. Ich ging zu einer von diesen Frauen gestalteten Andacht und verließ sie ob des liturgischen Wildwuchses erschüttert: Nicht einmal das Vaterunser hatte man unangetastet gelassen; es war durch eine seltsam unmelodische, aus verschiedenen modernen Übersetzungen und Eigeninterpretationen zusammengeflickte Version ersetzt worden.

Nun sind Reformbemühen ja keinesfalls per se etwas Schlechtes, aber warum, frage ich mich, geht heutzutage eigentlich alles nur noch mit dem Vorschlaghammer vonstatten?

Es ist, als würde man einen Barocksessel, von dem man eigentlich nur einige nicht mehr zeitgemäße Schnörkel abschleifen will, statt dessen in Benzin tränken und abfackeln. Dann hat man aber keine erneuerte Kirche, sondern eine neue Kirche. Will man das?

Und so ist es ja nicht nur mit der katholischen Kirche. Betrachtet man zum Beispiel den Brexit, so wird auch hier etwas lange gewachsenes einfach in Stücke gehauen, ohne einen Plan für das Danach zu haben. Gleiches gilt auch für andere politische oder gesellschaftliche Hauruck-Aktio-

nen: Mit der Konsequenz, dass das trotzig-rabia-
te Wollen und Fordern von Wenigen zum Weg-
fall vertrauter Wege, zum Verlust von Heimat
und Rückzugsraum für viele führt, schlimms-
tenfalls sogar zum Identitätsverlust ganzer Na-
tionen. Mir macht das Angst. Ich möchte kein
zerstörtes Europa. Egal, von wem die Zerstö-
rung ausgeht. Und leider kommt die Bedrohung
aus vielen Richtungen.

Ein Fasan sonnt sich vor dem Wasserturm. Sein
Gefieder glänzt kupferfarben im Licht. Ich sehne
mich aus tiefstem Herzen nach Frieden. Nach
Stabilität in einer unruhigen, instabilen Welt.
Nach heiligen Ritualen, deren Ablauf ich kenne.
Nach Schönheit und Stille. Es wird Zeit für Ur-
laub.

Da-Sein

Den Sonnenuntergang, dessen Farbenpracht
heute durch eine dünne Wolkenschicht ge-
dämpft wird, betrachte ich durch die formschö-
nen Kronen üppig begrünter Linden. Darunter

steht eine Bank; der Blick dehnt sich von dort aus über hügelige Wiesen mit der ungemähten Blütenpracht eines Frühlings auf seinem Zenit. Der Weizen auf den Feldern gegenüber der Straße ist hochgeschossen. Noch wogt der Wind durch sein helles Grün, und doch trägt er schon das Versprechen der Ernte in sich. Wenn sich das Grün in Gold wandelt, werde ich schon wieder fort sein von diesem herrlichen Fleckchen Land. Welche Ernte ich dann zurück auf die Insel trage, wird sich zeigen. Vorm Füllen der Speicher denke ich aber zunächst ans Leerwerden.

Durch den Klostergarten schleicht der Fuchs. Ich sehe zu, wie das edle Tier seine Runden zieht, aufmerksam und witternd um sich blickend. Ich dagegen muss meine Sinne erst wieder schärfen. Ich kam erschöpft, ausgelaugt, emotional vollgemüllt — Universen entfernt von der erstrebten, heilsamen Leere, die sich mit neuem Wissen, Schönheit und Liebe füllen lässt.

„Warum macht man woanders Urlaub, wenn man auf Langeoog eine Wohnung hat?" — Ehrlich gesagt: Ich kann diese Frage nicht mehr hören. Der Tag, an dem ich keine Loblieder auf die Schönheit unsere Insel mehr singen kann, wird nicht kommen. Ebenso wenig wie der Tag, an dem ich nicht von Herzen gerne nach Langeoog zurückkehre oder der Tag, an dem mich der Anblick des Meeres in keinen Freudentaumel mehr versetzt.

Dennoch muss man auch zwischen die größte Liebe und sich selbst gelegentlich ein paar Kilometer bringen: Alltagsflucht gelingt nicht auf täglichen Wegen, zumindest mir nicht.

Auch hier im Kloster gibt es vom ersten Tag an Routine und der Radius für Ausflüge zwischen den Stundengebeten ist begrenzt. Aber es ist eine Routine, die nicht mehr von mir verlangt als das pure Da-Sein. Die Hingabe an Gott. „Das Aufweichen von Herzverkrustungen", wie es ein mir lieb gewordener Pater so treffend formulierte.

Am ersten Tag ist noch alles schwer. Beim Versuch, all den gesammelten Seelenmüll vor Gott zu kippen, meldet sich das schlechte Gewissen. Kann man den HERRN wirklich damit belasten? Ist SEINE Kirche nicht viel zu schön, zu rein, zu hell für all den Dreck? (Und nein, wir reden hier nicht von der Institution, in der es zweifelsohne nicht nur eine Schmuddelecke gibt, aber dies soll an dieser Stelle nicht Thema sein.)

Die Mönche sind hilfreich: Man kann. Nach einem längeren Seelsorgegespräch mit einem der Patres lasse ich die ersten Fuhren los. Es rührt mich, dass ein fremder Mensch um meine Heilung betet. Die Hände, die er dabei über meinen Kopf hält, strahlen Wärme ab. Natürlich, mag der rationale Mensch hier einwerfen: Das ist Biologie, und die Gesten und Worte dazu lernt man im Priesterseminar. Ich weiß das auch. Und dennoch ist es mir heilig, ist dieser Moment heilig, und ich glaube daran. Einhergehend mit der Verpflichtung: Ich will's nicht versauen. Im Widerschein des Ewigen Lichts ist Geborgenheit. Und einer, der alles Vertrauen verdient. GOTT ist da. Er ist verschwiegen, aber er schweigt nicht. Es tut so wohl, wieder hier zu sein.

Es ist lange her, dass ich irgendwo, im späten Sonnenlicht und unter Bäumen, ein vis-a-vis-Gespräch ohne ein bestimmtes Anliegen, ohne

Zweck und Auftrag mit jemandem führte. Wann bleibt im Alltag schon Zeit dafür? Bis auf den Mönch und mich ist der Pilgerplatz vor der Kirche leer; die Sonne steht so, dass nicht einmal das große Kreuz einen Schatten darauf wirft. Und genau so, denke ich, will ich leben: Mit viel Raum um mich, aber nicht allein, beschützt, aber nicht im Schatten. Umgeben von all dieser wunderbaren Natur, die ich bis an die Schmerzgrenze liebe. In Gesellschaft intellektueller Feingeister, die auch zum Schweigen befähigt sind und für die Kunst einen Wert hat. Für die das Beschaffen von Geld nur eine Notwendigkeit ist statt eines Lebenszwecks. Für die Liebe kein exklusiver Besitz ist.

Aus biografischen Gründen dürfte ich kein dauerhaftes Ordensleben führen, aber ich bin froh, dass es Menschen gibt, die das tun und andere zumindest für eine Weile daran teilhaben lassen. Für einige mögen Klöster ein überflüssiger Anachronismus sein und ihre Bewohner an der Welt Scheiternde — Für mich aber beruhigt das unablässige Gebet dieser Männer (und Ordensfrauen anderswo) den Puls der Welt ebenso wie meinen

Herzschlag. Ich bin froh, dass es sie gibt. Und es hält mich am Leben.

Bevor sich die Anlage in völlige Dunkelheit hüllt und sogar das Licht im Büro des immer fleißigen Priors verlischt, schnüre ich, wiewohl weniger elegant als der Fuchs, ein letztes Mal am Waldrand entlang. Aus den Wipfeln schreit eine Eule. Der noch immer warme Wind legt den weißen Stoff der Ordensbanner an der Kirche in weiche Wellen. Der Anblick lässt mich ans Meer denken und an die Wellen, die unsere treue Fähre an stillen Tagen ins Hafenbecken pflügt.

Ich vermisse die Insel. Und doch ist es gut, jetzt hier zu sein. Genau hier: Mit der Eule, dem Fuchs, den Mönchen, den Linden und dem Weizenfeld. Und mit dem, der alle unsere Wege kennt.

Stunden

Am letzten Tag sitzen der Mönch und ich auf der Bank unter den Linden. Er ist fast genauso so alt wie ich und so dünn, dass andere Leute sein Zingulum als Halstuch tragen könnten. Trockene Grashalme haben sich im Saum des Habits verheddert; er zupft sie weg, während ich den Versuch unternehme, die Zeit Revue passieren zu lassen.

Wir reden über Kunst und Brentano, über Heilige und den Tod, über Lourdes und die Linden. Und ich will noch nicht gehen.

Der Abendwind streicht warm über die Felder und die ungemähte Weide, bringt kurze Unruhe in Gräser und Blumen. Ungerührt davon singt eine Drossel ihr Lied in den Bäumen.

Mit dem gespendeten Reisesegen stehe ich da wie vor einem noch ungepackten Koffer, die Kleider auf einem Berg daneben, noch ungefaltet und unsortiert: „Patient blutig entlassen" nennt man diesen Zustand in Krankenhäusern. Ich bräuchte mehr Zeit. Und ich bin noch so müde. Der hochgewachsene Mönch eilt zum Gebet, ich höre den Wind in den fliegenden Rocksäumen. Dann ist seine laternenschlanke Gestalt verschwunden, irgendwo hinter den Mauern.

„Kommen Sie mal wieder" sagt auch der hochwürdigste Herr Prior und lächelt gütig.

Ja.

Auf dem Pilgerplatz spielen die entzückenden Kinder einer Frau, die hier im Kloster Unterschlupf fand, vermutlich aufgrund einer sozialen Notlage; ich fragte nicht danach. Denn eigentlich ist es ja auch egal: Sind wir nicht alle auf irgendeine Weise in Not, die wir dort anklopfen? Hoffend auf Rat, Ohr und Mitgefühl dieses herzwärmenden Häufleins schwarzweiß gewandeter Menschen, die dabei doch selbst ihre eigenen Nöte und Sorgen haben?

Das älteste Kind mit den robbenhaften Kulleraugen ruft meinen Namen und winkt. Beim Essen wollte er neben mir sitzen. Es passiert selten, dass mich Kinder rühren; ich habe wohl einfach kein Eltern-Gen in mir, aber diesen Kleinen gewann ich lieb. Es ist schön, dass mich hier nicht nur Gott beim Namen ruft. Dass hier Menschen offenkundig irgendetwas in mir sehen, für das ich selbst blind bin.

Mich befällt eine eigenartige Traurigkeit in diesen letzten Stunden im Kloster. Einmal mehr habe ich unzählige neue Dinge gelernt, endlich wirklich Zeit für Gott gefunden; Zeit, zuzuhören und Zeit, um zu lieben. Zeit für ein offenes Herz und für Güte und Gnade. Hier ist es schön, still und sicher.

Zugleich befinde ich mich mit so Vielem noch so sehr am Anfang des Weges, blamiere ich mich durch Unkenntnis von Liturgie und Riten, hadere ich mit der Mütterlichkeit Mariens, obwohl das „Salve Regina" hier in gänsehauterzeugender Schönheit und Würde allabendlich vorgetragen wird; stolpere ich in und durch Gräben des Unwissens. 40 Jahre Rückstand in katholischer Sozialisierung sind mitunter nicht leicht zu überbrücken, auch wenn mich Gott täglich fühlen lässt, dass ich trotz allem hier hingehöre; dass es gut ist und richtig. Immerhin: Das marianische Gebet, das wir am Ende des Tages beten, stammt aus der Feder Martin Luthers und versöhnt mich mit meiner protestantischen Vorprägung.

Nach der abschließenden Beichte hingegen möchte ich erneut vor Scham im Boden versinken, weil ich den Versuch des Handauflegens zur Absolution als ein Handreichen zum Abschied missverstand (aus Nervosität nicht merkend, dass noch gar kein „absolvo te" erteilt worden war). Ich fühle mich wie ein Schüler, der nach einer Klassenarbeit einfach weiß, dass er zur Gänze verkackt hat und zitternd auf die Rückgabe des Blattes mit der 6 darauf wartet, obwohl mir zugleich klar ist, dass den Herrgott im Bußsakrament die Aufrichtigkeit der Reue vermutlich mehr interessiert als die Form. Dennoch geniere ich mich entsetzlich.

Der Priester lässt mich danach in ein Schächtelchen mit Spruchkarten greifen; ich soll darüber meditieren. Ich nehme mir blind irgendeines heraus und schaue es erst an, als ich schon wieder vor der Kirchentüre stehe.

„Der HERR ist König", steht da zu lesen. „Darüber freue sich die ganze Erde. Auch die vielen Inseln sollen darüber fröhlich sein."

Mir entfährt ein Laut ergriffenen Erstaunens. Die Inseln! Wenn hier nicht der Heilige Geist die Karte im Schnabel hatte, denke ich ehrfürchtig. Warum sonst zog ich ausgerechnet diese? Zugleich weicht alle Traurigkeit von mir.

Die Inseln sind fröhlich.

Fahrt

Ganz plötzlich ist es Sommer. Die Hitze lässt den Asphalt flimmern, während vor dem Autofenster erst das Münsterland, dann das Emsland und schließlich das geliebte Ostfriesland auftaucht. Zahllose auf -um endende Dörfer sowie Städte, mit denen ich längst liebgewonnene Menschen und wertvolle Erinnerungen verbinde, tauchen auf der Beschilderung am Straßenrand auf: Aurich, Wilhelmshaven. Jever. Leer. Ich denke an meine Freunde, die dort jetzt aus ihren Fenstern schauen oder irgendeiner Aktiviät nachgehen und fühle mich sehr zuhause. Auch einer der Stiepeler Mönche stammt gebürtig aus dieser Region, und es war herrlich, sich mit ihm über alles von Gott bis Grünkohl zu unterhalten. Beim Frühstück steckte er mir heimlich ein paar Beutel „Bünting Grüngold" zu, weil das, wie jeder weiß, der einzige Ostfriesentee ist, der auch mit Ruhrwasser funktioniert. Ich nickte verschwörerisch und jubelte meinerseits ein paar Beutel mitgebrachtes Langeooger Sanddorngebäck in den Klosterküchenfundus, die ich zu meiner Freude schon bald gänzlich entleert im Rekreationsraum der Gottesmänner liegen sah. Ich vermisse die Mönche. Aber ich liebe den Norden. Und so liegt zwischen Abschiedsschmerz und Wiedersehensfreude nun die Autobahn.

Ich habe sehr lange keine Autoreise mehr gemacht. Ich fahre nicht gerne und besitze auch gar kein eigenes Auto; aber meine Eltern sind mit an Bord, dazu viel Gepäck, und so rumpeln wir also die Straßen entlang; den heiligen Christopherus rief ich noch vor der Abfahrt auf dem Parkplatz an.

Die schmucklose Raststätte, an der wir pausieren, hat hingegen so gar nichts von Heiligkeit. Irgendwo zwischen Einarmigen Banditen und unten im Regal versteckter Einhandliteratur ziehe ich einen Kaffee aus einer schmuddeligen Maschine. Der Mann an der Kasse ist sehr freundlich; trotzdem denke ich, dass Raststätten an der Autobahn die einsamsten Orte der Welt sind, sogar wenn deren Lokalitäten überquellen. Auf dem Spielomaten steht das Schild einer Suchtberatungsstelle. „Reden wir einfach drüber" sagt es, „Spielsucht ist behandelbar". Dazu eine Telefonnummer. Auf dem Parkplatz röhren gleichgültig die Motoren. Niemand kommt hierher, um zu bleiben.

Draußen herrscht ein Geruch nach Benzin und Frittiertem. Wir schlingen die mitgebrachten Brötchen im Wageninneren hinunter und setzen die Fahrt fort. Die Sonne brennt auf das Blech und verwandelt das Auto binnen Minuten in einen Inkubator.

Am Nachmittag erreichen wir Dornum. Ich sah diesen Ort mit seiner Burg, dem Wasserschloss und der schönen Warftkirche zuletzt im Winter. Nun steht die 200 Jahre alte Rotbuche vor dem Gotteshaus in vollem Laub — Ein wundervolles Gewächs. So voller Leben. Und so viel überlebend: Generationen und Kriege.

Auch an anderen Stellen des Dorfes sieht man solche botanischen Methusalixe; die Krähen zanken mit ohrenbetäubendem Lärm in den stolzen Kronen.

Mit meiner Mutter sitze ich am Abend unter einer riesigen Trauerweide. Die Bank darunter bildet ein Rondell um einen alten Mühlstein, der

wiederum als Tisch fungiert. Aus der Uferbö-
schung des Burggrabens leuchten Lilien; eine
Entenfamilie gründelt.

Ob es denn gerade niemanden gäbe, der mich
interessiert, will sie wissen. Also: Vielleicht ein
bisschen mehr interessiert. Und wen ich besonders nett finde, also: „vielleicht mehr als nett".
— Was Mütter eben so fragen.

„Mich interessieren so einige ein bisschen"
sage ich, und liste ein paar Namen hochge-
schätzter Freunde auf, wiewohl mir klar ist, dass
sie etwas anderes hören will. Aber da ist nichts.
Nicht in dieser Hinsicht. Es geht mir gut.

„Mir reicht der Herrgott" wand ich mich bereits
im Kloster heraus, als mich ein anderer Gast
nach einer Ehefrau verhörte. Unter Katholiken
gibt man sich i.d.R. damit zufrieden, aber im
anderer Gesellschaft ist es nur schwer zu vermit-
teln, dass man ein priesterliches Leben führt,
ohne es zu müssen: Einfach, weil man es so will
und weil es einen glücklich macht.

Und das tut es: War ich im letzten Jahr noch
gebrochenen Herzens in dieser ostfriesischen
Burg zu Gast, so liege ich hier nun in gelöster

Heiterkeit hinter den Mauern und höre dem Ge-
zänk der Krähen und dem Gurren der Wildtau-
ben zu. Dazwischen schreit schrill ein kleiner
Kauz.

Nur noch zwei Tage Frieden, denke ich, als langsam die Nacht über die Burg hereinbricht. Danach hat mich der Tumult einer Insel im Bür-
germeister-Wahlkampfmodus wieder: Die Nach-
richten von Langoog sind nicht schön dieser
Tage. Halte einem Gaul (oder vieren) die Möhre
„Macht" vor die Nase und schon dreht der ganze Stall durch. Von Schlammschlachten und
Schlangengruben ist die Rede, von schreiender
Naivität und perfider Manipulation, von Selbst-
darstellung und peinlicher Anbiederung, von
Klassendünkel und Korruption. Und mich erstaunt immer wieder, wie selbst in schönster
Umgebung der Mensch seine Hässlichkeiten
nicht zu verbergen mag: Bei der erst kurz zurückliegenden Europawahl setzen zwei Insulaner ihr Kreuz bei der NPD, bei der blaugestri-
chenen Lightversion davon ganze 44. Was soll
man dazu noch sagen?

Ich freue mich auf das Meer, auf meine Wohnung. Aber manchmal, so scherzte ich bereits mit dem ostfriesischen Mönch, wüsste ich eine Zweigstelle des Klosters auch auf Langeoog sehr zu schätzen.

Roh

Meinen Reifen hat es zerlegt. Nicht schon wieder, denke ich, als ich nur wenige Meter hinter dem Haus mit dem Fahrrad hart über das Klinkerpflaster zu hoppeln beginne und den Platten entdecke. Entnervt schiebe ich das Rad heim und mache mich zu Fuß erneut auf den Weg zu meinem Ziel. Später inspiziere ich den Schaden. Vermutlich ist der Schlauch dieses Mal sogar aus Altersschwäche hinüber, aber es gab schon andere Zeiten. Und andere Gründe.

Ich kann nicht zählen, wie oft mein Reifen schon platt war. Und wie oft deutliche Messerstiche die Ursache waren.

Klar, mag man denken, das gab es zu aller Zeit. Wo Menschen sind, sind Gewalt und Vandalismus. Wo aber, frage ich mich, verläuft der Grat zwischen jugendlichem Grenzenaustesten und dem Grundstein zu einer lebenslangen Gewaltneigung?

Fachleute der Jugendpsychiatrie könnten das sicher recht schnell beantworten; ich indes denke mit Grausen an eine Szene vom Vortag zurück:

Ich trete nach der Messe, heiteren Gemüts, aus der Kirche und richte den Blick zunächst auf die wunderbaren Rosen unweit des Gotteshauses. Dann blicke ich in den Lauf einer Waffe, direkt auf mich gerichtet, in den Händen eines dicklichen Teenagers; fast noch ein Kind. Natürlich erkenne ich sofort, dass es ein Spielzeug ist, aber die Dreistheit, mit der da ungerührt „Passanten erschießen" gespielt wird, lässt mich doch etwas erblassen. Ich setze meinen Weg möglichst unbeeindruckt fort; der Junge drückt noch zweimal ab. Ich bedenke ihn wortlos mit einem Blick, der ihm beim nächsten Abdrücken alle Qualen der Hölle verheißt. Ein eher zierlicher blonder Junge, der daneben steht, sagt „Moin" und blickt leicht eingeschüchtert zu mir hoch. Wiewohl der Gruß inmitten dieser Szenerie etwas Absurdes hat, nehme ich die verlegene Höflichkeit wohlwollend zur Kenntnis und grüße zurück — nicht ohne dabei zu wünschen, das vernichtende Lippenkräuseln einer Meryl Streep zu beherrschen: *The Devil wears Barbour.*

Wenig später setzt sich die Bande wieder in Bewegung; ich höre den dicklichen Jungen, der entweder der Anführer ist oder es gern wäre, rufen: „Da ist ja auch der Kiosk, den wir überfallen werden!" Ich denke an die nette Inhaberin dieses Büdchens, die ich gerne mag, und verfluche das Kind jetzt wirklich ein wenig. „Nee", ruft eines der anderen Kinder, „wenn, dann überfallen wir einen Ort, wo echt Geld ist. `Ne Bank oder eine Tankstelle oder so."

Zauberhaft, meine angeblichen späteren Rentenzahler, denke ich seufzend: Ob Einkommen aus Überfällen da wohl auch miteinberechnet wird? Hinter mir knallt es noch ein paar Mal aus dem Spielzeugrevolver: Wenigstens stürbe ich direkt an der Kirchenmauer, wenn er echt wäre.

„Hast Du nie Räuber und Gendarm gespielt? Oder als Kind Waffen gebaut?" fragt mich der Freund, dem ich im Anschluss davon erzähle.

„Natürlich habe ich das", antworte ich, „aber immer eingebettet in ein klar erkennbares Rollenspiel: ‚Stehenbleiben, Polizei!' — sowas halt. Oder Burgfräuleins retten als Ritter; ein Ast diente dabei als Schwert.

Aber ich erinnere mich nicht, im Spiel je auf einen realen Menschen geschossen zu haben: Auf jemanden, der nicht ebenfalls eine Rolle spielte. Und ich erinnere auch keinen auf blanker Zerstörungswut basierenden, vorsätzlichen Vandalismus — vom unbeabsichtigten Zerstören von Dingen durch Anfälle vermeintlicher Kreativität oder schlichter Tollpatschigkeit soll hier nicht die Rede sein.

„Die Menscheit verroht", räumt schließlich auch der Freund ein; wir sind beide müde. „Sieh dir doch nur die Kommentare im Internet an", sagt er, „und bei jedem Mist wird heute ein Messer gezückt, wo es früher maximal einen Tiernamen für gegeben hätte." Wie schon den Menschen in der Antike, ist uns ist nicht wohl um diese Jugend.

Draußen senkt sich die Dunkelheit auf die Insel und lässt das leuchtende Grün meines gemeuchelten Fahrrads allmählich verblassen. Auf einem Holunderstrauch sitzt ein Bluthänfling; auch er sieht aus wie das Opfer eines Messerangriffs.

Die Menschen haben zu wenig Worte, denke ich. Niemand liest mehr gründlich, oder liest überhaupt. Niemand hat noch Lust, mehr als eine Tweetlänge zu schreiben. Es wird nur noch ins Wort gefallen statt zugehört; ich schaue deswegen schon lange keine Fernsehdebatten mehr. Und allerorten faseln die Leute von Dialog und preisen sich als TeamplayerInnen — um dann ins Beleidigen, Mobben oder Schweigen zu verfallen, wenn nicht das kommt, was sie hören wollen oder wozu schon einfache Antworten parat liegen. Rührt vielleicht auch daher die zunehmende Gewalt? Dass Fäuste und Waffen da zum Einsatz kommen, wo der Wortschatz abnimmt, wo die Fähigkeit zum zivilisierten Verbalduell, zum gepflegten Disput — früher eine Art Kulturgut! — abhanden gekommen ist?

Oder ist es gar die zunehmende Bedeutungslosigkeit christlicher Tugenden wie Nächstenliebe, Nachsicht, Barmherzigkeit, die einem immer mehr als Schwäche ausgelegt werden? Ich weiß es nicht. Aber ich bin dieser Rohheit überdrüssig.

Hinter dem Meer versickert nun der letzte Streifen pastellfarbener Dämmerung; die Wolken haben sich zu bedrohlichen schwarzen Haufen zusammengeballt. Blitze durchzucken die Dunkelheit. Dann kracht ein gewaltiger Donner, binnen Sekunden gefolgt von rauschendem Platzregen. Auch der Himmel ist heute auf Krawall gebürstet über Langeoog. Und ehrlich gesagt, erstaunt mich das wenig.

Lichtpunkte

Niemand hat die mystische Stimmung im Wattenmeer mit all dem Leben darin wohl schöner beschrieben als Theodor Storm in seinem Gedicht „Meeresstrand", von dem hier nur zwei Strophen wiedergegeben werden sollen:

„Graues Geflügel huschet

Neben dem Wasser her

Wie Träume liegen die Inseln

Im Nebel auf dem Meer

Ich höre des gärenden Schlammes
Geheimnisvollen Ton
Einsames Vogelrufen —
So war es immer schon."

(Th. Storm, 1817-1888)

All die geheimnisvollen Laute, das Brodeln, Zischen und Flüstern verwandeln Watt und Salzwiese schon am Tage in eine Wunderwelt — für den, der innehält. Wo anfangs nichts als Stille zu sein scheint; nichts, als endlose Weite von wogendem Gras, Strandnelken und der glänzenden graubraunen Schlickflächen, zeigt sich dem Wandernden schnell die ganze Fülle der Schöpfung.
Wie sehr aber potenziert sich dieses Erleben erst bei Nacht?

Ich war noch nie nachts im Watt, als nicht-lebensmüder Mensch ohne kompetente Begleitung sollte man das auch tunlichst unterlassen, aber bereits ein später Abendspaziergang entlang des alten Sommerdeiches zeigt, was dieses erstaunliche Stück Natur erst im Dunkeln offenbart.

Viele Menschen haben Angst im Dunkeln: Vor allem Kinder, aber auch noch viele Erwachsene. Evolutionär erklärt sich das leicht. Der Mensch sieht im Dunkeln schlecht und ist insbesondere im Schlaf hilflos. Umso mehr schärft die Nacht dann die anderen Sinne, damit man dennoch zügig vor Gefahr gewarnt ist. Und so kommt es, dass einige beim kleinsten Geräusch, das sie tagsüber nicht bedrohlich fänden oder bei einem fremden Geruch, den sie im Hellen nicht einmal wahrnähmen, aufschrecken: Manchmal sogar in Panik.

Hinzu kommen die Geräusche der nachtaktiven Tiere: Der Schrei einer Eule. Das Flügelschlagen umherflitzender Fledermäuse. Und wer jemals einen Fuchs nachts schreien hörte, weiß, was wirklich gruselig ist.

Auch der Wind, der das leichte Holz der Holunderbüsche zum Knarren und Seufzen bringt, kann mitunter unheimlich klingen, ebenso wie der Gardinensaum, den ein Luftzug über den Boden schleift.

Wie beruhigend ist es dann, dass die Nacht auch Phänomene kennt, welche die Dunkelheit erträglicher machen und im Wortsinne Lichtpunkte setzen, die uns Halt und Orientierung geben. *„Der Mond ist aufgegangen / die goldnen Sternlein prangen / am Himmel klar und schön."* — Wer kennt es nicht, dieses wunderbare Wiegenlied von Matthias Claudius (1740-1815)? Ich erinnere, dass ich als Kind eine Spieluhr hatte, in Form eines Plüschmondes. Sie spielte dieses Lied, und ich liebte sie sehr.

Kultur- und Epochenübergreifend liebten die Menschen Mond und Sterne, teils fürchteten sie diese aber auch: Vor allem den Vollmond, der in den Legenden so allerlei dämonische Kreatur zum Leben erweckte und Menschen in den Wahnsinn trieb. Fast alle Kulturen kannten Mondgottheiten, die sie verehrten: Vor allem für Fruchtbarkeit und gute Ernten, denn in den meisten Sprachräumen ist der Mond weiblich konnotiert. Viele Jahrtausende lang bestimmte der Mondkalender die Zeit.

Auch auf Langeoog kann man sich der Faszination „Vollmond" kaum entziehen. Oft erscheint er hier sehr hell und riesig, sodass die ganze Landschaft wie in ein Silberbad getaucht wirkt. Bäume und Dünengras werfen ihre nachtblauen Schatten in die Stille, während die Windräder auf dem Festland gegenüber rot in den Himmel blinken.

Der Neumondhimmel auf Langeoog dagegen ist, fern jeder Lichtverschmutzung, tintenschwarz. Umso prächtiger sieht man dann dort die Sterne.

Ich denke an einen Menschen, der mir sehr lieb geworden ist. Sein Gesicht zieren viele kleine Leberflecke. Ich weiß nicht, ob sie ihn stören, aber ich finde diese Flecken schön, denn auch sie erinnern mich an den Sternenhimmel. Sofern ich den Blick von seinen klugen Augen abwenden kann, sehe ich mir gerne jeden einzelnen davon an.

Manchmal verbinde ich sie dabei zu imaginären Sternbildern: Von der Nase über seine schmalen Wangen bis zum Ohr und hinab zu den schönen, weich konturierten Lippen. Sogar am unteren Wimpernkranz hat er ein solches Pigmentmal, das einer Träne ähnelt und ihm immer etwas Melancholisches verleiht, obwohl er oft lächelt. Und wenn er lacht, tanzen die Sterne.

Ich sehe ihn vor mir, in seinem Garten neben einem uralten Rosenstock, und denke, dass beide so etwas Schönes, Ewiges und Stilles an sich haben: Der beharrlich blühende Rosenstock, dieser Mann mit seiner sanften Intellektualität — und auch unser Wattenmeer.

„Du bist wie Watt und Salzwiese" ist wohl nichts, was man sofort als Kompliment einstufen würde, aber bei mir ist es das. Und „Du bist wie der Himmel über dem Watt bei Nacht" wäre dann wohl die Steigerungsform davon.

Gut

Vor dem Haus steht eine Kiste mit ausrangierten Büchern, daneben eine kleine Spardose. „Standlektüre? Zum Mitnehmen gegen Spende" sagt ein Schild. Erfahrungsgemäß funktioniert die Kiste gut, ich kann das wissen. Denn es ist meine Kiste.

Normalerweise spende ich überzählige Bücher der Vertrauensbibliothek, aber es gibt Monate, da kreist der Pleitegeier über dem Künstlerhaushalt, und dann ist es gut, wenn man noch den ein oder anderen Euro abends aus der Spardose schütteln kann. Als ich an diesem Abend schüttele, höre ich nichts, obwohl viele Bücher fehlen.

Schweine, denke ich, zumindest ein Anstandskupferling hätte ja drin sein können. Zwar sah ich vom Fenster aus kurz Freunde in der Kiste wühlen, bei denen ich keinerlei Zweifel hegte, dass sie etwas dalassen, aber vielleicht, denke ich, haben sie ja kein passendes Buch gefunden — und ‚kein Buch, kein Geld' ist eine faire Rechnung.

Aber bevor ich mich über die Geiz-ist-Geil-Mentalität im Allgemeinen und Menschen vom Stamme Nimm im Besonderen aufregen kann, schüttele ich die Spardose noch einmal. Ich höre auch jetzt keine Münzen. Aber das Rascheln von Scheinen.

Was mir am Ende des Tages entgegenfällt, ist also nicht nur ein wiederhergestellter Glaube an das Gute im Menschen, sondern auch der Gegenwert von zwei Tagen Essen oder einem halben Monat Internet: Dank sei Gott.

„ER sorgt für uns. Auch wenn wir manchmal kaum noch Land sehen. Das glaube ich. Ich habe es oft genug erfahren." — Tröstete ich nicht erst kürzlich so einen Menschen, den ebenfalls schlimme Existenzängste plagten? Es ist gut, dass ich nun einmal mehr weiß, dass das keine hohle Phrase ist.

„I have always depended on the kindness of strangers", würde ein lieber Freund jetzt vielleicht aus Tenessee Williams' *„A Streetcar named Desire"* zitieren, obwohl dieser Freund als belesener Mensch natürlich weiß, dass die Protagonistin

des Theaterstücks alles andere als „kindness"
erfahren hat, als sie diesen Satz sagt.

Aber wenn man den literarischen Kontext hier
außer acht lässt, passt es: Manchmal retten einem eben, man verzeihe den wenig prosaischen
Ausdruck — nur noch ein paar Fremde den
Arsch. Und wenn man das nicht tut: Dann passt
es auch.

Denn wie oft erwiesen sich zunächst als
überaus freundlich auftretende Fremde als das
Gegenteil davon? Und wie oft wird Güte von
Gier missbraucht? Den Spruch mit dem kleinen
Finger und der Hand kennt wohl jeder.

Hinzu kommen die Fälle gespielter Güte aus
Gier nach Anerkennung, Altruistischer Nar-
zissmus. Auch nicht fein.

Es gibt wohl keinen Menschen, der nicht die
ein oder andere Variante davon schon erlitten
hat. Oder sich der ein oder anderen Variante davon schuldig gemacht hat. Und doch: Das Ideal
der *Random acts of kindness,* es existiert.

Da ist zum Beispiel dieser eine Freund, in
Schweden, der so riesig ist wie sein Herz. Selbst
arm wie eine Kirchenmaus, schickt er mir das

Wenige, das er eigentlich selbst nicht hat. Ich tue das auch für ihn, natürlich, aber es ist nicht selbstverständlich, und ich würde es auch nicht erwarten. Es erfüllt mich in demütiger Dankbarkeit und ich weiß, dass Gott ihn sehr dafür liebt. Vermutlich sogar noch mehr als ich.

Ich bin überzeugt, dass das Gute, das wir aus freiem Herzen für andere tun, irgendwann zu uns zurückkommt, Gott entgeht so etwas nicht. Manchmal kommt es nicht von jenen, wo wir damit rechnen sollten. Selten kommt es sofort. Aber es kommt. Und „rechnen" sollte im Kontext mit Güte eigentlich ohnehin nicht vorkommen. Natürlich sind der materiellen Dienste am Nächsten Grenzen gesetzt — was ich an Geld selbst nicht habe, kann ich nicht herschenken — aber ein liebes Wort muss drin sein. Eine Umarmung. Zeit. Eine Tüte mit Lebensmitteln. Respekt für den Gedemütigten. Augenhöhe für den Gebeugten. Vertrauen für den Verratenen. Fürsprache für den Verleumdeten. Oder die schlichte Frage: Was kann ich tun? Es ist erstaunlich, mit wie wenig man etwas bewirken kann. Es braucht nicht die große Geste. Aber es braucht Aufrichtigkeit.

Abends bin ich am Strand. Nochmal davon gekommen. Die Scheine sind in der Tasche. Es war ein warmer Tag, meine Hosenbeine werden nass, als ich durch den Spülsaum laufe. Mir ist das egal, ich liebe es, hier und jetzt eins mit der Natur zu sein. Mit diesem großen, wunderbaren Geschenk, dass ich jeden Tag vor meiner Tür finde.

Die Flut kommt, das Wasser läuft in rasender Geschwindigkeit auf. Von einer Sandburg schauen nur noch die Zinnen raus. Bald wird sie verschwunden sein.

So ist das, wenn man auf Menschengeschaffenes baut, denke ich resigniert. Es mag auf den ersten Blick prachtvoll wirken und stabil. Aber letztlich ist es vergänglich, wie wir selbst, wie alles, das uns umgibt. Wir können nichts mitnehmen.

„Das letzte Hemd hat keine Taschen", sagt mein Vater immer. Aber das Herz lässt sich immer füllen, wenn man es öffnet. Und das Gute an dieser Fülle ist, dass sie wächst, wenn man davon gibt.

Bestand

Es ist voll geworden auf der Insel. Die Aggressionen mehren sich. In den Geschäften lange Schlangen und leere Regale, Fahrradstaus und Auffahrunfälle an jeder Ecke, wüstes Geklingel, Beschimpfungen. „Die sind aber unhöflich hier", sagt ein Kind, „Sie stehen mitten auf der Straße!" ruft ein Handwerker zornig in eine Gruppe, die ihre Urlaubsplanung auf der Fahrbahn ausdiskutiert, während die Kleinsten mit Stützrädern drumherum Schlangenlinien fahren. Der Mann hat Mühe, seinen beladenen Anhänger von A nach B zu bekommen, wobei ihn in B vermutlich ebenfalls entnervte Menschen empfangen, die Probleme mit der Spülung haben, dem Internet, der klemmenden Tür.

„Wir haben das Gefühl, die Einheimischen wollen nur noch unser Geld und sonst interessiert die hier gar nichts mehr", erzählt traurig ein Gast, der seit Jahrzehnten herkommt. Derweil schreit ein anderer Gast einen armen Kellner an, weil dieser um kurz nach Fünf nicht mehr die komplette Kuchenauswahl bieten kann: „Sie haben das in der Karte, also will ich das essen!" Der Kellner sieht müde aus. „Tut mir Leid" sagt er. Mir tut es auch Leid, dass Leute so sind, denke ich. Ich weiß, was er durchmacht.

Die Gäste sind unzufrieden, die Insulaner kaputtgeschuftet, und es ist noch nicht einmal August. In einigen Restaurants kosten Hauptgerichte mittlerweile um 35 Euro, Vollzeit-Angestellte im Housekeeping gehen in vielen Betrieben dagegen noch immer mit 900 Euro netto heim und wohnen in Verschlägen, die nicht einmal ein Tierheim als adäquat durchgehen ließe.

There's something rotten in the state of Langeoog. Und ja, es gibt die positiven Gegenbeispiele. Aber die Tendenz ist da. Und sie stimmt mich traurig. 6 Jahre sind keine Zeit auf einer Insel, aber dennoch ahnt man nach rund 2000 Tagen wohl, was natürliche Schwankungen sind — und was die Zukunft bringen wird, sofern niemand gegensteuert.

Die Leute sind frustriert; viele würden lieber früher als heute alles einreißen und komplett neu angehen; nicht zuletzt die Bürgermeisterwahl mit ihrem Ergebnis ganz offensichtlicher Verzweiflung hat dies gezeigt. Was es bringen wird? Ich halte nichts von Kaffeesatzleserei und ziehe es vor, zu schweigen. Aber Strukturen sind schwer zu durchbrechen. Meistens verbiegen sich die Leute letztendlich ja doch oder lassen sich mit Geld und schönen Versprechungen zurechtbiegen, um hineinzupassen. Egal, mit welch aufrechtem Gang sie meinten, hineinzumarschieren. Oder sie verenden darin, sofern sie nicht vorher von selbst flüchten.

Dieser Tage hatte ich einen PR-Menschen zu Gast. Exaltiert, wie etliche PR-Menschen nun einmal sind, machte er angesichts seines allerersten Besuchs auf der Insel gleich wort- und lautstark hehre Pläne. „Wenn ich hier etwas zu sagen hätte, ich würde die Insel komplett umkrempeln! Dann wäre hier nichts mehr wiederzuerkennen!" Es folgte eine Auflistung möglicher Events und Kampagnen, um Langeoog mehr Profil zu geben und neue Zielgruppen zu erschließen — einige davon sogar recht spannend. Dennoch hatte ich den unmittelbaren Impuls, mich mit ausgebreiteten Armen schützend

vor mein Langeoog zu stellen und, ihn an Laut-
stärke noch übertönend, mit Nachdruck „Finger
weg!" zu rufen.

Ich möchte keine umgekrempelte Insel. Ich liebe
alles, was hier Bestand hat. Und ich glaube an
die Vernunft, an das Gute, und daran, dass bei-
des sich irgendwann durchsetzt, wenn — ja
wenn — nur endlich einmal jemand zuhört. Es
gibt sie auch im Dorf, die leisen, aber verständi-
gen Töne. Die Intelligenz, die Kreativität, die
Nachsicht und Liebenswürdigkeit. Den Respekt
und die Augenhöhe; unter Gästen wie Insula-
nern, unter Arbeitgebenden wie Angestellten.
Langeoog ist nicht verloren. Und außerhalb des
Dorfes — in meiner geliebten Natur — soll doch
bitteschön alles so bleiben, wie es ist.

Denn es ist schier unglaublich, wie schnell
die atemberaubende Dünenlandschaft all dieses
würdelose Klein-Klein unter den Menschen vergessen macht. 10 Jahre Auszeichnung als
UNESCO-Weltnaturerbe feiert das Niedersäch-
sische Wattenmeer in diesem Jahr und es ist ein
Gottesgeschenk, hier leben zu dürfen.

Das Meer empfängt mich an diesem Tage mit

märchenhaft schöner Brandung, es ist Flut. In der Nacht hatte es gestürmt, nun aber ist der Himmel aufgeklart und die hohen Wellenberge sprühen ihre Wasserjuwelen in den blauen Himmel. Am Horizont ballen sich letzte Regenwolken zu einer Decke, die ausssehen aus wie ein hastig zurückgeschlagenes, hellgraues Federbett.

Und so wie jemand am Morgen energiegeladen die Decke zurückwirft und aus dem Bett springt, fühle ich mich durch den Anblick plötzlich wundersam belebt.

Hier, genau jetzt und vor mir, ist alles, weswegen ich hier bin. Sogar die vielen Menschen verteilen sich dergestalt über den Strand, dass man auch jetzt noch Ruhe findet. Dass man zumindest minutenweise allein ist mit dem Geschrei der Möwen, dem raschelnden Dünengras, dem Wind in den Ohren und dem Flattern der Volants an den Dächern der Strandkörbe.

Die Strandkörbe wiederum stehen noch krumm und schief auf ihren Plätzen, zum Teil hat sie der Sturm fast eingegraben. Einige hat es ganz umgehauen, sodass die bunt gestreifte Kolonie wirkt wie ein Häuflein bezechter Dorffestheim-kehrer.

Es sieht lustig aus, und viele Menschen ma-chen lachend Fotos mit den torkelnden Körben. Hier wohnt sie also, die unbeschwerte Urlaubs-freude, denke ich erleichtert, als ich um mich blicke. Ein Pärchen, das ich zufällig dabei anse-he, lächelt sogar und grüßt, obwohl ich die bei-den nicht kenne. Ich biete ihnen an, ein Bild zu machen, und sie strahlen wie glückliche Kinder. Der Stress im Dorf ist schon vergessen.

Lärm

Endlich ist es still. Der Regen hat die Menschen vom Strand vertrieben und auch von den Stra-ßen. Das Pflaster hat sich dunkel gefärbt. In den Blütenkelchen und Blättern entlang des Weges sammeln sich Tropfen; glasklar und schim-mernd. Der sandige Boden hat das Wasser längst aufgesogen. Das braune, verdorrte Gras ist nicht mehr zu retten. Aber schon morgen, das weiß ich, werden sich zarte, grüne Halme dazwischen zeigen. Der Regen wirkt dieses Wunder, immer wieder.

„Ist es nicht wunderbar?", fragt eine befreundete Langeoogerin, „die Luft riecht nach Pflanzen, nach Erde." Es riecht nach Leben. Und zugleich herrscht diese balsamische, befriedende Stille.

Auf der Sandfläche hinter dem Priel, wo sonst die Gäste toben, hat sich eine Kolonie Lachmöwen versammelt, die sich putzen oder schlafen; die schwarzen Köpfchen ins Gefieder gesteckt. Ansonsten ist der Strand leer und die Strandkörbe sind verwaist. Große Silbermöwen kreisen über dem Wasser, ab und zu trägt der Wind ihre Rufe ans Ufer. Am Horizont liegen riesige Frachter auf Reede, eine unserer Fähren kehrt zurück aus der Werft. Auch auf ihr ist es jetzt still und leer.

Zurzeit ist ein junger Jesuit aus Schweden zu Gast. Zum Fest dreier skandinavischer Märtyrer singt er mit uns ein schwedisches Kirchenlied. *„Nu sjunker bullret"* heißt es, „Jetzt legt sich der Lärm". „Eigentlich passt das ja gar nicht hierher", sagt er lachend, „hier ist es doch so schön friedlich."

„Schön wär's", sage ich zu dem hochgewachsenen blonden Mann. „In der Natur finden Sie hier Stille, ja. Aber ansonsten ist man auch auf Langeoog froh, wenn sich all der Lärm und Aufruhr am Abend legt. Ich finde, es passt daher sehr gut zur Abendmesse." Der Geistliche scheint erstaunt; offenbar ist er froh, dem hektischen Stockholm für eine Weile entkommen zu sein. Aber man kann es nicht beschönigen: Es gibt auch auf einer Insel Getöse genug. Und damit meine ich nicht einmal die übliche Saisonmischung aus Fahrradklingeln, Kindergeschrei, Ehekrächen und Pubertierenden mit dröhnenden Musikboxen.

Es knirscht gewaltig im lokalpolitischen Gebälk dieser Tage. War schon das Wahlkampfgetöse mitunter unappetitlich genug, so geht es nun munter weiter mit Nazikram und Lynchgejohle, und man fragt sich zuweilen einfach nur noch, ob das Langeooger Trinkwasser vielleicht doch nicht mehr so gut ist, wie alle behaupten. Andererseits: Warum sollten in den Mikrokosmos „Insel" nicht alle Widerwärtigkeiten Einzug halten, die zurzeit auch den Rest Deutschlands und Europas beuteln? Und dennoch streife auch ich recht ratlos durch die duftenden, regenfeuchten Dünen und frage mich, warum der Mensch seine Hässlichkeiten eigentlich in alle Ecken dieser wundervollen Welt tragen muss.

Zugleich frage ich mich, wann eigentlich der Punkt gekommen ist, wo es für einen Schriftsteller von der Kür zur Pflicht wird, politisch zu sein.

Es ist schwer dieser Tage, und ich beneide niemanden zurzeit um ein öffentliches Amt. Was kann man da schon noch richtig machen? Die Leute sind nicht mehr zum Zuhören bereit, alles ist überemotionalisiert, es sind hysterische Zeiten. Von selbsternannten „Leistungsträgern" wird über nutzlose Geisteswissenschaftler geschimpft, aber wohin wir gelangen, wenn niemand mehr gegenwärtige Phänomene in einen historischen oder kulturellen Kontext einordnen kann oder mangels Allgemeinbildung einfach keinerlei Gefühl mehr für Sagbares und Unsagbares hat — das sieht man an jeder Ecke und in jeder Kommentarspalte.

Auch das moralische Abwägen scheint aus der Mode; die Notwendigkeit, zuweilen auch unangenehme Entscheidungen zu Gunsten des Friedens und zum Erhalt des Wohlstands aller treffen zu müssen. Man kann nicht alles einfach alles und jeden nach Rechts oder Links sortieren, nach Gut oder Böse. Und alle Extreme schaden.

Man weiß doch zum Beispiel gar nicht mehr, wo man überhaupt noch ansetzen soll, um den Menschen klarzumachen, wieviel ein funktionierender Rechtsstaat Wert ist. Und das, obwohl sich etliche Landsleute noch gut an das Unrechtsregime der DDR erinnern können — wo es „Zeugen" im Dutzend billiger gab und eine Unschuldsvermutung nichts galt. Desgleichen in anderen totalitären Regimes. Als ich in China lebte, hörte ich früh morgens manchmal die Erschießungen im angrenzenden Volksgerichtshof. Minutenkurze Prozesse, unbequeme Leute, angeschwärzt von irgendwem.

Und selbst wenn es letztlich Schuldige traf: Jeder, absolut jeder hat das Recht auf einen fairen Prozess. Auch Nazis. Auch Kinderschänder. Auch kriminell gewordene Geflüchtete. Und absolut niemand hat das Recht, andere dazu auf-

zuwiegeln, Verdächtige an die nächste Straßen-
laterne zu hängen oder auch nur deren Fensterscheiben einzuwerfen, egal, welches Verbre-
chens man diese Leute beschuldigt.

Ich bin überzeugter Demokrat. Ich lebe gerne in
Deutschland, denn tatsächlich haben wir es hier
mit vielen Dingen einfach verdammt gut, und
wer das nicht weiß, hat sich offenbar noch nie
mit anderen politischen Systemen beschäftigt.
Ich bin gerne Europäer, Christ und Katholik. Ich
mag unsere Kultur, die christlichen Werte und
unsere gesellschaftlichen Errungenschaften. Ich
mag unser Freiheitsideal und die europäische
Idee. Ich mag Vernunft. Und ich mag Gerechtigkeit. — Gerechtigkeit auf Basis universell gel-
tender Gesetze, nicht aufgrund irgendeines sub-
jektiven Empfindens, nicht aufgrund einer ge-
fühlten Mehrheitsmeinung, nicht aufgrund des
Gebrülls irgendeines Mobs, nicht aufgrund irgendeiner hochemotionalisierten Debatte. Das
letzte, endgültige Gericht liegt sowieso nicht in
unserer Hand.

Es ist traurig, dass wir in Zeiten leben, in denen man für einen Satz wie „Ich mag Deutschland" als rechtspopulistisch einsortiert wird und für die Selbstverständlichkeit, Menschen nicht ertrinken lassen zu wollen, als linksextrem. Es ist schier zum Verzweifeln, wenn eine Welt, die uns täglich mit Millionen von Farbnuancen erfreut, nur noch schwarzweiß betrachtet wird. Und mich ängstigt, dass in einer Welt, die geradezu platzt vor lauter Lärm und Geschwätz, kaum noch jemand wirklich miteinander redet. Auch deshalb, denke ich, während ich mich in einem der noch sonnenwarmen Strandkörbe niederlasse, liebe ich die Stille.

Baden

„HERR, nimm die Schatten von unseren Herzen", betete der Priester, „Dank sei für die Tage, in denen wir hier Urlaub machen, zur Ruhe kommen und einfach loslassen dürfen."

Ich bin nicht im Urlaub, aber ich fand die Formulierung mit den Schatten auf dem Herzen, die der HERR doch für uns mit Licht bescheinen möge, sehr gelungen. Sofort hatte ich die Impression einer frisch gebadeten Seele vor Augen, die sich genussvoll in der Sonne breitet; das Herz befreit von Staub, Spinnweben und allen dunklen Ecken.

Und dennoch steckt darin kein Automatismus. Denn um unser Herz aus dem Schatten zu holen, müssen wir uns erst einmal eingestehen, dass dort überhaupt Schatten sind. Und wo. Aber wir können mit der Zuversicht daran gehen, dass das Licht heilt, sobald das lädierte, vernarbte und verstaubte Herz sich erst einmal gen Himmel geöffnet hat. Und manche Dinge sieht man auch im Licht erst deutlich: Die Schönheit, einerseits. Aber auch alles andere.

An einem sonnigen Freitagmittag breite ich meinen lädierten, vernarbten, verstaubten Körper auf einer Decke am Strand aus. Noch keinen Tag fand ich bislang die Muße dafür; Gesicht und Rumpf unterscheiden sich aufgrunddessen inzwischen um mindestens 10 Farbnuancen.

Es ist herrlich. Zwei Stunden nehme ich mir für einen Kurzurlaub auf Langeoog: Das Feriengefühl stellt sich nach zwei Minuten ein.

Ich blicke um mich. Ich sehe so viele glückliche Gesichter. So viele Menschen, unterschiedlich in Alter, Größe, Gewicht, Herkunft und Status, Dialekt und Lebenserfahrung. Und alle eint die Freude daran, zu baden, im Wasser zu waten, sich zu sonnen, am Strand zu spielen oder einfach nur in den Himmel zu schauen. Ihr natürliches Lachen, ihre gedankenverlorenen Blicke: All das finde ich großartig. Und auch die Vielfalt der Menschen finde ich einmal mehr wundervoll. Warum, frage ich mich, sollte der HERR denn auch ausgerechnet beim Menschen an Kreativität gespart haben, wo er doch bei allen anderen Tieren, Pflanzen, dem Meer und sogar bei den Steinen Farben, Formen und Funktionen in allen Facetten erschaffen hat?

Dennoch gibt es leider immer wieder Personen, denen eine uniforme Masse wohl lieber wäre.

„Morgen gehe ich in Badehose an den Strand!", sagte ich fröhlich einem Bekannten, der kurzfristig zu Besuch gekommen war. Er schwieg mit dem Anflug eines Stirnrunzelns, und ich kenne die Berliner Kreise, in denen er sich sonst bewegt, gut genug, um zu wissen, was das bedeutet. „Ich würde mich an deiner Stelle nicht ausziehen, bis ich trainiertere Arme und abgenommen hätte", hieß es dann auch, als ich mich am Strand anschickte, den Hemdsaum zu lüpfen. Ich tat es trotzdem und der Mann stand auf und ging alleine zum Meer.

Irgendwann kam er wieder, um mich zu fragen, ob es für Instagram nicht besser aussähe, wenn er die Haare nass hat. Und ob ich ihm dabei helfen könne, sie anzufeuchten. „Geh schwimmen, dann biste nass", sagte ich und verscheuchte mit meinen dünnen Armen eine Fliege.

Der Mann sah missgelaunt auf mich herab. „Ich glaube dir nicht, dass es hier kein Fitnessstudio gibt", setzte er erneut an, „ich meine: Was macht man denn bitte ohne Gymn? Und jetzt ehrlich, du würdest so viel besser aussehen, wenn …"

„Thank you for answering questions I never asked", hätte mein lieber Freund F. nun vermutlich gesagt und das Gespräch damit abgewürgt, aber ich erblödete mich leider, darauf einzugehen. „Ich habe früher sehr viel Sport gemacht, aber nie groß aufgebaut", erklärte ich, „Definierter

wurde ich, das schon. Aber nie kräftig. Ich bin dafür einfach genetisch nicht der Typ und ich finde es auch nicht schön." „Dann brauchst Du mehr Testosteron." „Nein". „Wenn man sich anstrengt, wird das schon was." „Ich will aber nicht."

Der Mann starrte mich entgeistert an, schüttelte den Kopf und zog sein Mobiltelefon aus der Tasche. Er scrollte durch GRINDR, wohl in der Hoffnung, jemanden zu finden, der ihm bestätigte, für den Markt noch nicht ganz so tot zu sein wie ich. Und ich war einmal mehr froh, dieser Szene mit all ihren Eitelkeiten, ihrer Show und ihrer Wegwerfliebe entkommen zu sein.
Ich bin kein Unternehmen. Ich muss nicht optimiert werden, ich brauche keinen PR-Berater. Und bei anderen Menschen interessiert mich zuallererst ein schön geformtes Herz. Zweifelsohne mag ich aber Ästhetik, und so habe auch ich nichts dagegen, wenn sich zum schön geformten Herzen noch ein schön geformtes Gesicht oder schön geformte Hände gesellen, aber ohne jenes schöne Herz ist alles andere unansehnlich. Oder wird zumindest sehr rasch entzaubert. Ich hatte

im früheren Leben herausragende sinnliche Erfahrungen mit Menschen, die keineswegs gängigen Idealen entprachen. Und entsetzliche mit solchen, die — unter Maßstäben der Modeindustrie — wunderschön waren, sich letztlich aber doch nur sorgten, ob sie in der aktuellen Liegeposition irgendwie dick aussahen. Ich will das alles nicht mehr.

Es ist legitim, meinen Körper blass, untrainiert, hässlich, verformt oder auf andere Weise defizitär zu finden — aber ich möchte doch bitteschön soviel Souveränität darüber besitzen, dass ich selbst entscheiden kann, ob ich mich am Strand ausziehe oder eben nicht. Und welche Prioritäten ich in meinem Leben setze.

Über mir treibt eine Wolke, die wie ein Flügel aussieht. Ich freue mich darüber. „Der heilige Geist ist auch da", denke ich und fühle mich augenblicklich beschützt und geborgen. Der Schatten auf meinem Herzen, den die unangenehme Erinnerung erzeugt hatte, verschwindet. In neu gefundener Urlaubsfreude werfe ich all meine Sorgen über eine imaginäre Wäscheleine — und mich in die kühlenden Fluten der Nordsee.

Neben mir badet ein Mann, der mich mit einer entwaffnend herzlichen Offenheit anlächelt. Er hat tolle Zähne und glitzernde Wassertropfen im rotblonden Bart. Auch er ist eher sonnengestreift als sonnengebräunt und hat den Brust- und Bauchansatz eines Mittvierzigers, der in seiner Freizeit lieber mit den Kindern spielt, als im Fitnessstudio zu rackern. Sein kleiner Sohn winkt ihm, vor Freude hüpfend, vom Strand aus zu, und der Mann schwimmt ihm entgegen, um ihn in die Arme zu nehmen. Ich finde die beiden wunderschön.

Skellig

Der Hochsommer hält die Insel in glühenden Zangen. Zwei große Bundesländer haben gleichzeitig Schulferien, die Insel biegt sich vor Touristen.

Die Regale der Lebensmittelgeschäfte sind leer, die Restaurants voll. Vor der Bäckerei, den Eiscafés und Fischbuden bilden sich meterlange Schlangen. Wer auf der Insel lebt und kein Privatier ist, ackert bis zum Umfallen. Es ist laut, es ist wuselig, fast nirgends im Dorf oder an den dorfnahen Strandabschnitten finden Augen und Ohr noch Ruhe. Statt einsamem Vogelruf und Brandungsrauschen: Trotzgebrüll, Ehekrach, wildes Fahrradklingeln und dröhnende Lautsprecher.

Nachts findet man der Wärme wegen kaum Schlaf, und morgens geht es sehr früh mit den Aktivitäten der menschlichen Mitbewohner rund. Ich kann nicht behaupten, dass dies meine Lieblingszeit auf Langeoog wäre.

„Ich fühle mich wie ein Strandspielzeug, bei dem man die Luft rausgelassen hat", klage ich am Morgen einem Freund, und tatsächlich schleppe ich mich reichlich geplättet durch den Tag: Uninspiriert und übermüdet.

Urlaub muss her. Also genehmige ich mir einen halben freien Tag, miete ein Pedelec und mache mich auf ans Ostende.

Schon kurz vor dem Deich zerrt heftiger Gegenwind an mir, was mich für das treue Summen des Hilfsmotors an meinem Rad überaus dankbar sein lässt. Auf diese Weise ist die Fahrt nicht anstrengend; dennoch ist der Wind unangenehm. Ich blende sein ohrenbetäubendes Rasen aus, indem ich mir die Ohren mit Musik verstöpsele. Loreena McKennitt soll mich begleiten, bis die Langeooger Zivilisation außer Sicht- und Hörweite ist. Die zeitlose Melancholie der Melodien und Texte lässt mich von kühlenden Regennächten, taufeuchter, grüner Weite und schattigen Wäldern träumen, von rauen Klippen, tosender See, von Loyalität, Mut und Gottvertrauen.

Many a year was I
Perched out upon the sea
The waves would wash my tears,
The wind my memory

Vor den Schloppseen mache ich Halt. Das Wasser gleißt tintenblau unter einem makellosen Himmel. Der große Schlopp liegt eingebettet in ein wogendes Blüten- und Schilfmeer wie in einem bunt bezogenen Federkissen. Gänse ziehen vorbei, auf dem Absperrdraht am Ufer reihen sich Schwalben wie eine schwarzglänzende Perlenkette.

Unweit davon ruht ein Turmfalke auf einem Pfosten. Einige Menschen sind mit großen Objektiven nah an ihn herangerobbt, aber es beeindruckt den eleganten Vogel nicht. Mit seinen schönen, dunklen Augen blickt er um sich, aufrecht und würdevoll. Gegenüber, in den Salzwiesen, kreisen Austernfischereltern warnend über ihrem Nachwuchs.

I'd hear the ocean breathe
Exhale upon the shore
I knew the tempest's blood
Its wrath I would endure

Das Lied, das mich derweil in seinen Bann zieht, heißt „Skellig" wie die Felseninsel vor Irland, die einst ein Kloster beherbergte. Heute wohnen dort nur noch Seevögel, die Mönche sind seit Jahrhunderten fort. Eine liebe Freundin war einst dort, sie zeigte mir Fotos des dunkel glänzenden Gesteins, der Ruinen des Klosterfriedhofs und Bilder der Papageientaucher, die aus dem Dunst über dem Boot auftauchten. Ihre Erzählungen dazu ließen mich die kalte Gischt auf der Haut spüren, den Schiffsdiesel riechen und die eigenartig unmelodischen Schreie der clownesken Alkenvögel hören. Ich spürte die Erschütterungen der Wellen und ihren dumpfen Aufschlag am Bootsrumpf; die Freundin drehte sich zu mir um und lachte, aber in Wirklichkeit saßen wir gar nicht zusammen im Boot vor Skellig, sondern nur auf ihrem Sofa.

And so the years went by
Within my rocky cell
With only a mouse or bird
My friend, I loved them well

Am Vogelwärterhaus wird es Zeit für eine Rast. Die schönen Kiefern hinter dem Haus beschatten die Aussichtsplattform; hinter der Vogelkiekerwand baden Nilgänse, Möwen und etliche Entenarten in einem Tümpel. Der Ranger ist gerade dabei, sein Büro abzuschließen, ich sitze mit ihm noch eine Weile vorm Haus.

Vor uns liegen Salzwiese und Vogelkolonie, die allgegenwärtigen Schwalben nisten in der Dachkonstruktion über uns und fliegen zwitschernd ein- und aus. „Das erinnert mich an meine Kindheit", erzählt der Ranger, „aber wer kennt das heute schon noch." Ich lächele und nicke.

Der Menschenlärm ist verstummt, auch der Wind hat nachgelassen. Und so plaudern der Ranger und ich noch ein wenig in die Stille des späten Nachmittags; uns gegenseitig darin bestätigend, welch Glück es ist, hier leben zu dürfen.

Vor dem Abschied verrät mir der Naturexperte noch eine Stelle, an der ich auf Sumpfohreulen treffen könnte. Ich bedanke mich und setze meinen Weg fort.

Über dem Rainfarn links und rechts des Weges tanzen winzige blaue Schmetterlinge, Spatzen klammern sich an üppig erblühte Stauden von Schafgarbe, die schweren Blütendolden taumeln im Wind.

Hinter der Meierei finde ich mehrere Möwenkadaver. Vielleicht vom Hund gerissen, vielleicht vom Habicht. Aber auch das ist Natur. Die Wiese leuchtet derweil in ihren schönsten Farben. Auch hier sind die Schwalben, sie begleiten mich in beeindruckender Geschwindigkeit auf meinem Weg. Ich muss an den heiligen Franziskus denken, wie er den Vögeln predigte, denn auch ich könnte das jetzt problemlos tun, weil die gefiederte Gemeinde ja förmlich an meinen Reifen hängt. Indes: Mir fehlt die Heiligkeit, also erfreue ich mich nur leise an meinen kleinen Weggefährten.

Als ich den Osterhook erreiche, herrscht brüllende Hitze. Ich fühle meine Unterarme verbrennen, aber noch ist der Schatten weit. Es herrscht Niedrigwasser, auf den verschlickten Wattflächen sammeln sich Lemikolen, am Strand liegt der Überrest eines angespülten Schleppnetzes. Dass der Mensch auch überall seine Spuren hinterlassen muss, denke ich traurig. Das Nylonnetz wird noch intakt sein, wenn ich längst verwest bin. Und ist es nicht seltsam? — So vieles erschaffen wir für die Ewigkeit. Und gleichzeitig machen wir so viel kaputt. Und das nicht nur in der Natur, sondern auch in uns. Und zwischen uns.

Die Zeitungen waren voll von Abscheulichkeiten in der letzten Zeit, Hass und Elend überall, und nicht einmal die Kirche ist frei davon. Verglichen mit anderen Ländern und früheren Zeiten geht es uns immer noch verdammt gut, das ja — aber manchmal hege ich Zweifel, ob das so bleibt. Wir sollten in nichts zu sicher sein.

In der Wetterhütte am Osterhook sitzen einige erschöpfte Menschen, ich stelle mich dankbar unter das schattenspendende Dach. Spiekeroog liegt nur ein schmales Seegatt von mir entfernt, ich kann die katholische Kirche der Nachbarinsel von hier aus sehen. Zwischen St. Peter und mir, auf einer Sandbank im Gatt, scharen sich Möwen um ein angespültes Wrackteil. Auf einer weiteren Sandbank haben sich Segler trockenfallen lassen. Ich bleibe, bis die anderen Menschen gegangen sind. Dann bin ich allein. Nichts ist zu hören außer dem Wind, der durchs Schilfrohr streift, den Lauten der Vögel und der See. Durch meine Zehen quillt Sand, die unzähligen kleinen Muschelschalen schmerzen etwas unter den Sohlen, ebenso wie die sonnenverbrannte Haut. Aber es macht mir nichts aus. Denn hier ist sie: meine ersehnte Einsiedelei, meine Kirche, mein Kloster. My little Skellig. Der Heimweg hat Zeit.

O light the candle, John

The daylight's almost gone

The birds have sung their last

The bells call all to mass

(Liedzeilen entnommen aus: Loreena McKennitt, „Skellig".
Album: „The Book of Secrets", 1997. ©Quinlan Road)

Waldgeister

Bald ist es geschafft. Welche Wohltat, beim
Heimkommen wieder die ersten dauerhaft ver-
schlossenen Rollläden zu sehen und die Möglichkeit zu haben, am Tage zu schlafen, ohne von
infernalischem Gebrüll, Möbelrücken und Klo-
spülungen im Minutentakt aufzuwachen. Endlich kann auch ich mir ein Stück Inselsommer
erobern und auf meinem Balkon sitzen, ohne
unfreiwilliger Zaungast von fremderleuts Bezie-
hungsleben, Erziehungs- und Essgewohnheiten
zu sein. Zwar donnern nachts noch reichlich be-
zechte Halbstarke mit ihren Lautsprechern Richtung Jugendherberge, und noch steht man mit
dem Fahrrad an jeder Kreuzung im Stau, weil

irgendwer meint, sich mit seinem Rad dort zum Plausch quer hinstellen oder erst umständlich die Marschroute ausdiskutieren zu müssen. Aber es bessert sich: Im Haus kehrt Ruhe ein und auch die Parkplatzsituation lässt einen zunehmend weniger über das Themenfeld „Überbevölkerung" nachdenken. Ab und zu kann man in all dem Gewirr aus Menschenlärm sogar wieder einen Vogel hören.

Ich nippe in meinem Rattansessel an selbstgemachter Waldmeisterlimonade und sehne mich nach Stille. „Einsame Insel", denke ich müde, „wenn die Leute wüssten." Zumindest nicht im August.

Ich mag den Herbst. Mit jedem Schluck der zartgrünen, sprudelnden Flüssigkeit träume ich mich in die stillen Wälder meiner Kindheit zurück. — Gut, in der Erinnerung still, denn in Wirklichkeit ging das infernalische Gebrüll von damals wahrscheinlich auch von mir aus, aber die Geräuschkulisse habe ich vergessen, die Schönheit des Waldes hingegen: Niemals.
Der Waldmeister wuchs in hellgrünen Teppichen unter mächtigen Buchen; bis tief in den

Wald hinein spann sich an schönen Tagen ein Netz aus Sonnenflecken, welches das Waldmeistergrün umso prachtvoller hervorhob. Dazwischen leuchteten all diese winzigen, sternförmigen Blüten. Wir pflückten ein paar Blättchen davon, zerrieben ihn zwischen den Fingern und sogen das schwache Aroma ein, das sich erst mit dem Welken der Pflanze wirklich entfaltet. Ich liebte alles mit Waldmeister; von Brausebonbons bis Wassereis. Und sein leuchtendes Immergrün mitten im Wald war mir stets ein verlässlicher kleiner Frühling, auch wenn die Buchen sich längst herbstlich färbten. Aber manchmal half auch der nicht.

Am Ende des Waldweges lag eine Wetterhütte. Aus Erwachsenensicht war es vermutlich nicht allzuweit dorthin, aber für ein Kind war der Weg zur Hütte die Querung eines halben Kontinents. In der Regel pausierten wir dort eine Weile, schauten über unseren ausgewickelten Butterbroten ins Tal und machten uns dann auf den Rückweg. Einmal hatte ich ein kleines Stofftier dabei, ich vergaß es in der Hütte und bemerkte sein Fehlen erst, als wir den Wald schon fast wieder verlassen hatten. Natürlich gab es ein großes Geheul, aber meine Eltern hatten keine Lust, zurückzugehen, und so sagten sie mir, ich solle es allein holen gehen, wenn ich es denn so dringend wiederhaben wöllte. Vermutlich war ich nicht mehr ganz klein, das erinnere ich nicht, aber es war auch zu einer Zeit, in der man seine Kinder noch problemlos allein zum Spielen in den Wald schicken konnte, ohne das Jugendamt am Hals zu haben. Wir machten das ja auch sonst ständig, es gab keine Mobiltelefone, die Überwachung im Viertel übernahmen im Fenster liegende Senioren statt GPS-Systeme, Bauer und Förster kannten einen, und heim ging man, wenn die Straßenlaternen leuchteten. Kind allein im Wald war also per se kein Drama und die pädagogische Intention durchaus nachvollziehbar — Aber ich schweife ab, vermutlich aus gutem Grunde.

Denn natürlich brachte ich das Stofftier nicht heim. Nach etwa zwei Dritteln des Weges bekam ich Angst. Merkwürdigerweise nicht einmal mitten im Wald, aber zwischen Wald und Schutzhütte lag noch ein Acker, und irgendwie fürchtete ich mich vor dieser offenen, gleichförmigen Feldfläche mehr als vor der schattigen Umarmung der riesigen Rotbuchen. Es wäre nicht mehr weit bis zur Hütte gewesen, ich konnte ihr Dach aus groben, dunklen Holzstämmen sogar schon sehen, aber ich schaffte es nicht, und so kehrte ich um.

An das Stofftier dachte ich lange noch. Ich stellte mir vor, wie es dort in der Hütte weinte und fror und in der Nacht noch viel mehr Angst hatte als ich, der es so schändlich verraten hatte. Ich hoffte, dass ein anderes Kind es vielleicht gefunden hatte, es trocknete und wärmte und nun liebevoll damit spielte. Zugleich verfolgte mich albtraumhaft das Bild, dass es auch ganz anders sein könnte. Dass das Stofftier dort einsam im Dreck lag und ein Wildschwein seine Hauer in den weichen, wattegefüllten Bauch grub, in den ich so oft trostsuchend meine Nase gedrückt hatte. Dass die klammfeuchten Herbstblätter seine Überreste begruben, dass es dort draußen starb, weil ich es verlassen hatte. Weil ich zu feige gewesen war. Weil ich es nicht gerettet hatte.

Natürlich war es nur ein Stück altes Bettlaken, das meine Mutter mit Watte ausgestopft und mit einem lieben Gesicht bestickt hatte, aber man kennt das: Als Kind sind Stofffreunde für einen lebendig, sie fühlen und leiden. So lernt man wohl Empathie. Und zuweilen auch Abschiednehmen.

Ich fülle die Waldmeisterlimonade auf und denke über Verrat nach und darüber, das man manchmal etwas Schlechtes tun muss, um noch Schlechteres zu verhindern. Ich frage mich: Gibt es überhaupt eine Rechtfertigung dafür, einen früheren Freund zu verraten, ihn auszuliefern, auch wenn er sich der Freundschaft als nicht würdig erwiesen hat; auch wenn er selbst Menschen, die ihn liebten, verriet?

Auch wenn er etwas sehr Schlimmes getan hat oder kurz davor steht, etwas Schlimmes zu tun? Meine spontane Antwort hätte immer „Nein" gelautet. Loyalität ist mir heilig.

Was aber, wenn man an einen Punkt gerät, an dem man einen Menschen verraten muss, um viele andere vor ihm zu schützen? Was, wenn man ihn vor sich selbst schützen muss?

Es ist eine schwierige Entscheidung, die sich niemals gut anfühlen kann. Man denkt an all das Schöne und Gute, das man einst in diesem Menschen sah, und das vielleicht auch noch immer in ihm ist. Und dann sieht man das Destruktive und all das, was neben dem Schönen und Guten noch gärt und ihn vermutlich längst zu vergiften droht — ein Gift, das auch in sein Umfeld sickert. Es liegt kein Segen darin.

Nach schmerzhaftem Abwägen, Ringen und Hadern geht es dann irgendwann nicht mehr; der Füllfederhalter ist der Dolch, den es aus dem Gewand zu ziehen gilt. Ein Brief erreicht eine Behörde, seinen Vorgesetzten oder eine Institution: Retten Sie ihn. Manchmal muss man Schuld auf sich laden, um Schuld abwenden zu können. Und man wünschte, jemand anderes hätte diesen Drecksjob gemacht.

Dann bin ich wieder auf dem Waldweg, der Freund schläft ahnungslos in der Hütte. Er kennt sich in diesem Wald nicht aus, und ich werde fort sein, wenn er aufwacht. Ich habe ihn nicht gewarnt. Das Tal, das sich unter der Hütte breitet, sieht friedlich aus am Tage, aber nun wird er sich auch der Nacht stellen müssen und all den Kreaturen, die aus dem Dunkel des Waldes nach ihm spähen.

Der Mann ist erwachsen, denke ich. Er schafft das schon. Er hätte mich ja auch nicht so weit mit hinausnehmen müssen. Und doch verfolgt mich der Verrat wie die geflügelten Ameisen am Rande des Ackers, vor denen mich ekelt, und richtet sich drohend gen Himmel wie die scharfkantigen Grannen des Getreides auf dem Felde.

Vielleicht war so auch unsere Freundschaft, denke ich, als mein Blick über das sanft wogende Feld streicht: Von Weitem betrachtet weich und golden, fruchtbringend, nährend und voller Geborgenheit, voll von verborgenen Schätzen. Und vom Nahen? Ein ausweglosses Dickicht, in das man nie so weit hätte gehen dürfen. Und beim Versuch, sich Licht zu verschaffen, schnitt man sich die Hände blutig und walzte zwangsläufig eine Schneise hinein. Zwischen den goldenen Halmen: Auch nur Dreck und Gewürm, und bei Nacht wühlen die Wildsäue darin. Der Mann ist kein Freund mehr. Wir sind vorbei.

Die Zeit der Ernte naht; danach ist der Acker nackt und alles, was noch an das Getreide erinnert, wird bald untergepflügt sein. Auch der Wald sieht jetzt anders aus, nur einige alte Bäume haben die Zeit überdauert. Ob darunter noch Waldmeister wächst, weiß ich nicht.

Alpha

Die Menschheit überfordert mich. Zuweilen beschleicht mich der Eindruck, dass die Sozialnormen, mit denen ich groß wurde, keine Gültigkeit mehr haben und dass es kein Gemeinschaftsgefühl mehr außerhalb des eigenen Mikrokosmos gibt. Man sieht die eigene Familie, die eigene Komfortzone, und dahinter ist: Feindesland. Oder auch einfach gar nichts. Natürlich spielt dabei auch die Digitalisierung eine Rolle: Wenn man sogar unterwegs noch via Smartphone ununterbrochen in seiner Filterblase bleiben kann, erübrigt es sich, ein Gespräch an der Bushaltestelle anzufangen, und sei es nur aus Langeweile. Und was früher als Hilfsbereitschaft gegolten hätte, wird heute wohl gleich als

Dienstleistung eingestuft: Bewertung inklusive. Die Fälle mehren sich, und ich bin ihrer überdrüssig.

Ich ertrage diese Rechthaberei nicht mehr, diese Aggression, diese Nehmermentalität. Und ja, es gibt auch all die anderen; es gibt die Menschen, die Frieden bringen und zusammenführen statt trennen, aber so, wie der Lärm einiger Menschen den Gesang der Vögel und das Meeresrauschen übertönt, so macht es das Gebaren einiger Mitbürger schwer, den Blick fokussiert zu lassen und auf die Grandiosität der Schöpfung zu schauen statt in deren Schmuddelecken.

Heute ist der Gedenktag des heiligen Maximilian Kolbe; ein Märtyrer, der für mich das Ideal christlicher Nächstenliebe verkörpert wie kaum ein zweiter. Man kann nur voll Ehrfurcht auf sein Wirken zurückschauen und auf seinen grausamen Tod, den er als Liebesdienst an einem Mitmenschen auf sich nahm: Ermordet von den Nazis, um einen anderen Mann zu retten. Und wie zynisch ist es, dass man den heiligen Maximilian, in dessen reines Herz nie das Gift menschlicher Niedertracht vorgedrungen war, ausgerechnet durch eine Giftspritze in selbiges tötete?

Es fällt schwer, aus der Erinnerung an diese dunkle Zeit mit diesem unermesslichen Leid und ihren Grausamkeiten wieder zum profanen Alltagsärger zurückzukehren, aber tatsächlich hatte mich dieser heute wieder schneller in den Fängen, als ich ahnen konnte.

Auch in der Kirche gedachten wir des heiligen Maximilians; ich war sogar vorrangig deswegen hingegangen, weil ich diesen Heiligen sehr verehre. Aber die Konzentration fiel mir schwer. Ich dachte mehr darüber nach, dass der Priester die Albe nicht korrekt zugenöpft hatte und dass seine Stola verrutscht war, als dass ich das WORT reflektierte. Ich kniete, saß und stand auf Stichworte hin wie ein Automat, die Worte des Vaterunsers sprach ich und dachte dabei an irgendetwas anderes. Ich kam nicht zur Ruhe und fühlte mich schuldig deswegen. Verdiente nicht wenigstens ER die ungeteilte Aufmerksamkeit?

Warum nahm ich statt des Wunders der Eucharistie solche Oberflächlichkeiten zur Kenntnis? Der Priester hatte das mit der Stola überdies längst selbst bemerkt und zupfte sie zurecht, bevor er mit der Hand zum Segen ansetzte. Ich fühlte mich unwohl, als ich die Kirche verließ, als nichts Halbes und nichts Ganzes.

Während der Messe hatte es erneut leicht geregnet; auch der Himmel sah unschlüssig aus und schien sich nicht zwischen Drama und Nonchalance entscheiden zu können. Eine Familie stand vor der Kirche und rätselte über die Form des Kirchturms. Ich hörte Ihnen zwangsläufig zu, als ich mein Fahrrad aufschloss und beschloss, zu helfen. „Das stellt den griechischen Buchstaben Alpha da", sagte ich, „Alpha und Omega, aus der Offenbarung des Johannes." „Ach!", fuhr die Frau mich in verächtlichem Tonfall an, „Dann zeigen sie mir doch auch noch die Omega-Kirche dazu!" Ich sah sie verdutzt an ob dieses Aggressionsausbruchs. „Nie im Leben ist das ein Alpha, ein A ist das, aber kein Alpha!" Sie schrie es fast; in meine Richtung flog Speichel.

Ich hätte ihr sagen können, dass ich ein Jahr lang Führungen durch diesen Sakralbau gemacht hatte. Ich hätte ihr sagen können, dass ich dafür 3 Monate lang Architekturzeichnungen und Artikel zusammengesucht und akribisch studiert hatte. Ich hätte ihr sagen können, dass ich mit dem Architekten darüber gesprochen hatte, der die Kirche samt des Turms kannte wie seine Sakkotasche. Ich hätte ihr sagen können, das unsere Gemeindeleitung ihre wunderbaren Monatsimpulse im Kirchenblättchen immer mit „A…" beginnen ließ: Des Anfangs wegen, Alpha.

Ich sagte ihr nichts von alledem, ich nahm mein Fahrrad und fuhr davon. Wenn es ihr so wichtig war, Recht zu haben, sollte sie halt Recht haben. Ich mochte diese Kirche. Sie war für mich viel mehr als ein profaner Buchstabe A, und ich hatte viel Lebenszeit investiert, um den Bau zu verstehen und ihn anderen Menschen nahezubringen. Aber es wäre sinnlos gewesen, hier darauf hinzuweisen, und ich wollte nicht eitel sein. Zumal es mich ja im Grunde auch nichts mehr anging, da ich keine Kirchenführungen mehr machte.

Ich hörte die Frau noch eine Weile zetern, das „Alpha!"ausspuckend wie bitteres Essen. Der arme Kirchturm streckte sich einsam in den grauen Langeooger Himmel: Auch seine Botschaft kam nicht gleich bei jedem an, offensichtlich.

Eigentlich hatte ich nur helfen wollen. Ich hatte gedacht, die Menschen würden sich vielleicht freuen, wenn ihnen jemand, der gerade aus dieser Kirche kam, bei der Lösung ihres Rätsels half. Ich hatte mich geirrt, und ich bereute umgehend, mich in das Gespräch eingemischt zu haben. Wieder einmal hatte ich nicht verstanden, wie Menschen funktionieren.

Und es war nicht der erste Fall dieser Art. Kürzlich sprachen mich zwei Frauen an, sie waren auf der Suche nach ihrer Ferienwohnung. Ich kannte die Straße und nannte ihnen die Richtung. „Das kann nicht sein, das muss irgendwo anders sein", keifte mich eine der beiden Touristinnen an, „der Vermieter hat am Telefon nämlich was anderes gesagt als Sie, das ist da nicht!" Ich starrte sie verdutzt an und wusste nicht, was ich sagen sollte. Warum hatte sie dann überhaupt gefragt?

Aber es war ohnehin zu spät, um noch etwas zu erwidern, denn die Frau hatte ihre Begleitung längst beim Ellenbogen gepackt und zerrte sie dank- und grußlos in die Gegenrichtung. „Gern geschehen" murmelte ich und fügte noch ein „viel Spaß am Ostende" in Gedanken hinzu, denn genau dahin waren die beiden nun schnurstracks in der Dunkelheit unterwegs. Auch hier hätte ich sagen können, dass ich seit 5 Jahren auf Langeoog wohne, dass ich die gesuchte Straße fast täglich passiere und man mir das deshalb ruhig glauben könne. Aber auch hier tat ich nichts von alledem, sondern ging weg und ärgerte mich.

Ich hatte noch nie ein besonderes Talent für Sozialleben und zeitlebens auch kein ausgeprägtes Verlangen danach; seit frühester Kindheit schöpfe ich vor allem Kraft aus dem Alleinsein. Zuweilen versuche ich mich trotzdem noch daran, mit anderen eine Kommunikationsebene zu finden, aber Situationen wie diese zeigen mir vor allem eins: Ich schaffe es nicht. Ich verstehe Menschen nicht, und ich verstehe sie immer weniger. Es bleibt ein Gefühl der Ratlosigkeit, das nicht selten in Resignation mündet. Ich möchte aufgeben, es gar nicht mehr versuchen, mich zurückziehen von allem und aus allem. Es macht mich so unendlich müde.

Ich verstehe jeden Eremiten, der sich irgendwann nur noch mit GOTT unterhält, mit dem Flüstern des Windes und dem Rauschen der See. Manchmal wäre mir sehr danach: Keine Menschen, keine Probleme.

Aber natürlich wäre das unfair gegenüber den paar tapferen Freundinnen und Freunden, die meine Sprache verstehen und auch meine Sprachlosigkeit. Die mein Hadern mit der Welt aushalten. Die mich aushalten. Ich weiß, dass sie da sind. Und dass sie zuhören.

Beim Einkaufen treffe ich gleich zwei Menschen, die ich gerne mag. Beide haben zurzeit sehr viel Stress — wie fast jeder, der hier im Sommer einer abhängigen Beschäftigung nachgeht. Aber beide strahlen stets eine natürliche Freundlichkeit aus, die niemals aufgesetzt wirkt. Es sind zwei schöne, stille Seen inmitten eines lauten, unablässigen blubbernden Freizeitwasserparks. Hier ein leises Raunen im Schilf, ein Eisvogel, der mit den Flügeln schlägt, ein feiner Geruch nach Erdreich und moosiger Kühle — dort das

Kreischen von der Plastikrutsche und ein Schwall chlorigen Pisswassers, der in der Nase brennt.

Inzwischen ist die Nacht angebrochen, die Tage werden wieder merklich kürzer. Mir ist das Recht, denn die Nacht ist mein Freund. Sie lässt die laute Welt still werden, macht aus den Ärgernissen des Tages Vergangenheit und gibt Kraft und Zuversicht für das Kommende.

Das hoffnungsstiftende Alpha unseres Kirchturms hilft mir dabei, denn es erinnert daran, dass es keine Selbstverständlichkeit ist, immer wieder diesen Neuanfang geschenkt zu bekommen. Himmelswärts strebend weist es auch gleich die Richtung, in die wir gehen müssen. Es tut gut, so viel Klarheit darin zu finden; eine solch eindeutige Botschaft in all dem Kommunikationsdickicht, im Flickenteppich dieser zerfaserten, ruhelosen Gesellschaft. Ich halte mich daran fest wie an einem Rettungsring.

Naherholung

Es verspricht ein schöner Tag zu werden. Als ich mich frühmorgens auf den Weg zum Anleger mache, ist der Himmel bereits strahlend blau, nur einige Federwolken ziehen feine Schlieren ins Firmament. Es tut so gut, einmal selbst wieder Tourist zu sein und in einen nahezu unverplanten Tag zu starten; in einige Stunden absoluter Freiheit, in denen man weder Gedanken noch Gefühle irgendeiner Agenda unterzuordnen hat. Ein Tagesausflug nach Spiekeroog soll es heute werden, und ich könnte für diese Möglichkeit einer kurzen Auszeit vom Saisonwahnsinn auf Langeoog nicht dankbarer sein.

Bisher kannte ich die östliche Inselnachbarin nur von kurzen Ausflugsfahrten, während derer man rund 2,5 Stunden auf dem Eiland verbringt. Heute aber stehen mir luxuriöse 8 Stunden Aufenthalt bevor, wenn auch mit kurzem Bedenken, ob das nicht doch langweilig werden könnte. „Zur Not mache ich halt einfach Mittagsschlaf am Strand", denke ich, und taste kurz im Rucksack nach der mitgebrachten Decke: Ich bin für alle Eventualitäten gerüstet. Dass ich den Unterhaltungswert Spiekeroogs dabei arg unterschätzte, sollte sich schon sehr bald zeigen.

Auch der Traum, auf Spiekeroog komplett unerkannt im Gästestrom unterzutauchen, zerschlägt sich schon an Bord des Schiffes, denn natürlich nutzen auch andere Langeooger die Gelegenheit zu dieser bequemen Inselerkundung ohne Umweg über die Festlandshäfen: Eine regelmäßige Direktverbindung zwischen den Inseln gibt es nämlich nicht.

Für Menschen, die die Inseln noch nicht gut kennen, gibt es bereits auf der Überfahrt die ersten Highlights, erläutert durch passende Durchsagen auf dem Schiff. Seehunde sind auf Sandbänken zu erkennen, Eiderenten, Krabbenkutter in Aktion. Die anwesenden Kinder hüpfen vor Begeisterung; wer nicht an Deck gehen kann, drückt sich an der Fensterscheibe im Salon das Näschen platt.

Auch ich schalte beim Anlegen konsequent in den Touri-Modus und kaufe mir gleich am Hafen einen Ortsplan. Anstatt einer Inselbahn empfängt hier eine Infotafel und eine Imbissbude die Gäste; der Weg in den Ort ist fast selbsterklärend und offenbart auf den ersten Blick, warum sich Spiekeroog als „die grüne Insel" bewirbt. Der Blick kann, einmal von der Leine gelassen, hemmungslos in die Weite schweifen und Deiche, Schlickflächen, Salzwiesen erfassen, mit allem, was darauf kreucht und fleucht. Sogar Deichschafe gibt es hier: Ein Stück Ostfriesland-Bilderbuchidylle, nach dem auf Langeoog immer wieder vergeblich gesucht wird. Plötzlich erinnere ich mich, wie ich mit meinen Eltern vor vielen Jahren einmal auf einer Bank auf dem Spiekerooger Deich saß; die Schafe rückten uns damals ziemlich auf die Pelle und ich kraulte ihre störrische Wolle.

Auch der Ortseingang kommt mir noch vage bekannt vor. Zur Rechten gibt es einen kleinen öffentlichen Rosengarten, durch den Schmetterlinge tanzen. Ein Schild mahnt zur Ruhe. Ich fühle mich dort augenblicklich wohl und setze mich eine Weile hinein: Ankommen, entschleunigen. Nach kaum etwas ist die Sehnsucht im Saisongeschäft größer als nach dieser Art von Stille und Langsamkeit.

Natürlich ist auch auf Spiekeroog im Juli Hauptsaison, Cafés und Geschäfte sind voll und die meisten Ferienhäuser und -wohnungen sehen bewohnt aus; Angestellte in Dienstkleidung sausen auf Fahrrädern geschäftig durch die Straßen. Da die Spie-kerooger aber fast die Einzigen sind, die hier Radfahren dürfen, wirkt die Insel trotzdem wesentlich ruhiger als das zur gleichen Zeit sehr wuselige Langeoog. Auch die Kakophonie aus übermütigem Dauer-Fahrradklingeln und über Radkolonnen längs und quer gebrüllten Unterhaltungen, die ich sommers täglich vor Büro- und Schlafzimmerfenster ertragen muss, bleibt aus diesem Grunde aus.

Kurz vor der heimeligen Teestube, die in fast allen Tourismusprospekten abgebildet ist, werde ich erneut von wunderschönen Rosen angezogen: Ein prachtvoller Bogen voller kleiner, rosafarbener Hundsröschen überspannt den Eingang zu einer Wohnanlage im friesischen Baustil. Ich fühle mich wie in einem Bilderbuch. Dass in den angrenzenden Wohnstraßen einige Domizile nach Orten aus Astrid Lindgrens Erzählungen benannt sind, überrascht mich wenig. Es ist tatsächlich ein kleines Bullerbü. Natürlich sieht man auch auf Spiekeroog einige Gebäude mit Sanierungsbedarf, etwas überambitionierte Luxus-Neubauten oder architektonisch nicht allzu Gelungenes. Aber was sofort positiv auffällt, ist doch die Zahl der „typisch" wirkenden Friesenhäuschen in Rot, Grün und Weiß; mit Holzbänken davor, üppigen Hortensien und farbenfrohen Stockrosen. Angesichts dieser märchenhaft schönen Häuschen können auch der sachlichsten Seele nur noch Attribute wie „süß", „niedlich" und „verträumt" einfallen. Und statt „Urlaub" erscheint einem das herrlich altertümelnde Wort „Sommerfrische" gleich viel passender für einen Aufenthalt auf dieser Insel.

Erneut empfinde ich große Dankbarkeit für diesen Inselausflug und für die Kostbarkeit all der Stunden, die ich mich hier noch treiben lassen darf. Daher ist für mich klar, dass das erste anzusteuernde Ziel die katholische Kirche sein wird. St.Peter liegt, wie auch die Langeooger St.Nikolaus-Kirche, auf einer Anhöhe am Rand des Wohngebietes. Sie sieht aus wie eine umgestürzte Zuckertüte aus braunem Packpapier und ich bin gespannt, was mich im Inneren erwartet: Vorab recherchieren wollte ich es bewusst nicht. Um die Zuckertüte drapieren sich einige Gebäude mit Flachdach im gleichen Braunton, eine Frau saugt Staub, durch die geöffnete Tür sieht man Kinderjacken an Haken hängen, die Fenster lenken den Blick in die Weite.

Ein Kurpriester ist auch vor Ort, im Schaukasten hängt die handgeschriebene Ankündigung einer Veranstaltung mit ihm. Auch hier scheinen die Uhren im besten Sinne langsamer zugehen, denn irgendetwas an diesem handschriftlichen Plakat rührt mich angesichts all der Computerausdrucke daneben.

Die Kirche, benannt nach dem heiligen Petrus, hat mit dem gleichnamigen Dom in Rom nicht wirklich viel gemeinsam, und ich müsste lügen, würde ich sie als „schön" bezeichnen. Aber im Inneren herrscht eine wunderbar warme und friedvolle Atmosphäre. Die Kirche ist innen ganz mit Holz verkleidet, das hörbar arbeitet. Es gibt keine Bänke, nur Klappstühle, auf denen jeweils ein handgestricktes Kissen liegt. Auch das rührt mich, denn sofort habe ich das Bild einer handvoll katholischer Spiekerooger Seniorinnen vor Augen, die in einsamen Wintern diese Kissen für ihre Kirche stricken. Und die Aussicht aus den großen Panoramafenstern ist fantastisch. Ich danke dem HERRN für diesen Tag, entzünde Kerzen und kaufe einige Dinge am Schriftenstand; als Mitglied einer Diasporagemeinde fühlt man mit den Brüdern und Schwestern noch kleinerer Gemeinden umgehend solidarisch, daher ist allein deswegen eine Finanzhilfe Pflicht.

Danach mache ich mich auf zum Hauptstrand, den ich trotz mehrfacher Besuche noch nie gesehen habe. Denn tatsächlich liegt — im Inselvergleich — auf Spiekeroog der Ortskern am weitesten entfernt vom Strand, wiewohl die dahin führenden Wege wunderschön und von artenreicher Flora umgeben sind. Auch einen kleinen Pavillon für wettergeschützte Pausen gibt es. Dennoch muss ich zwangsläufig an meine Eltern denken, die nicht mehr weit laufen können, sowie an gestresste Angestellte, die ihre kurze Mittagspause hier wohl leider nicht, wie auf Langeoog möglich, mal eben am Strand verbringen können. Der Strand, den ich nach einer Weile Marsch erreiche, ist weitläufig, gepflegt und mit ordentlichen Reihen weißer Strandkörbe versehen, was mich wohltuend an viele schöne Ostseeurlaube erinnert. Zwar haben auch die bunten Langeooger Körbe ihren Reiz, aber ich bevorzuge doch die klassische Seebad-Eleganz, die ich in solchen einheitlich weißen Strandmöbeln eher finde. Hinunter ans Meer gehe ich aber nicht, denn tatsächlich rast die Zeit schon jetzt und ich habe noch kaum etwas von Spiekeroog gesehen. Es wird Zeit für eine erste Pause. In einem Strandcafé male ich, ganz Tourist, bei kalter Waldmeisterlimonade Kringel und Herzchen um alle Orte und Sehenswürdigkeiten auf dem Plan, die ich unbedingt noch besuchen möchte.

Die Museumspferdebahn soll es als nächstes sein: Ein echtes Spiekerooger Wahrzeichen und Tradition seit den Anfängen des Bädertourismus, als (unter anderem) feine Herrschaften von ihren Unterkünften an die Strände gekarrt werden wollten. Sie ist die einzige Pferdebahn Deutschlands mit täglichem Fahrplan und existiert seit über 130 Jahren, wenn auch seit 1981 nur noch im Museumsbetrieb.

Die „Lok" ist an diesem Tage ein irischer Tinker mit der für diese Pferderasse typischen stoischen Gelassenheit und Stärke. Er wechselt sich mit einem zweiten Tier bei der Arbeit ab. Der Bahnchef heißt Christian und ist seinen Pferden im Naturell nicht unähnlich: Von wohltuend unkapriziöser Freundlichkeit und eine entspannte Ruhe ausstrahlend — trotz des hektischen Gewimmels.

Denn natürlich hatte nicht nur ich diese Idee mit der Bahnfahrt. Der winzige Bahnsteig ist proppenvoll, eine Gruppe Gäste ist offenbar reichlich ängstlich und löchert den Kutscher ohne Unterlass: „Wie lange fahren wir?", „Was machen wir, wenn wir nicht rechtzeitig zurück sind?" „Gibt es da draußen denn überhaupt was zu sehen?" „Was ist, wenn wir uns verlaufen?" Und, ich traue meinen Ohren kaum: „Was machen wir denn, wenn es regnet? Meine App sagt …"

Die Fahrtdauer beträgt kaum 45 Minuten für Hin- und Rückweg mit Aufenthalt. Es sind keine zwei Kilometer Strecke zwischen Bahnhof und Westend, der Pferdewagen ist überdacht und vor allem befinden wir uns, es mag bei diesen Gästen noch nicht angekommen sein, in Deutschland auf einer Insel im Wattenmeer unter freiem Himmel. Nicht im *Tropical Islands*. Man nennt es auch: Natur. Da gibt es Wetter.

Ich richte den Blick nach oben: Der Himmel ist immer noch makellos blau und die Sonne lässt das Tinkerfell schimmern. Mein Blutdruck steigt, aber Pferdebahner Christian nimmt sogar diese Gäste gelassen hin: „Es regnet nicht", sagt er. Der hörbar ans Satzende gesetzte Punkt verleiht dabei die nötige Autorität und macht jeden weiteren Wortbarock überflüssig. Der Mann beeindruckt mich.

Seit 5 Jahren betreibt er die Bahn, wie zuvor schon sein Vater. Folgerichtig könnte er unterwegs jeden Stein erklären, was er aber nicht tut, denn er erzählt nur das Wichtigste und lässt genug Freiraum, um einfach nur die traumhafte Landschaft zu genießen, erklärt aber gerne auf Nachfrage Weiteres. Dabei hat er Pferd und touristische Rasselbande souverän im Griff. Am Zielbahnhof „Westend" verplappere ich mich

mit — wie sollte es anders sein — zufällig mit-
gereisten Langeoogern und bekomme daher nur
den kleinen, aber sehr urigen Strandkiosk zu
sehen. Danach geht es wieder zurück. Geregnet
hat es natürlich nicht.

Der Ausflug nähert sich in rasantem Tempo seinem Ende und ich frage mich, wie es möglich
ist, dass Tage, an denen man eigentlich gar
nichts muss, immer viel schneller vergehen als
solche, die mit Pflichten übervoll sind. Aber nun
gilt es, die verbliebene Zeit noch bestmöglich zu
genießen. Ich flaniere mit Genuss nochmals
durch den idylischen Dorfkern, besuche eine
ehemalige Langeooger Kollegin, die nun auf
Spiekeroog arbeitet, schreibe Postkarten an
Freunde und freue mich über eine geöffnete alte
evangelische Inselkirche, die ich bisher immer
nur verschlossen vorgefunden hatte. Das Kirch-
lein ist ein begehrtes Fotomotiv und stammt aus
dem Jahr 1696. Sie ist die älteste aller ostfriesischen Inselkirchen und von einem sehr sehenswerten Friedhof mit alten Grabsteinen umgeben,
die teils wunderschöne Schiffsmotive zeigen.

Ich wundere mich, im Inneren eine Pietà vor-zufinden — sie stammt angeblich von einem 1588 vor Spiekeroog gestrandeten Schiff der Armada. Die farbenprächtigen Fenster mit ihren Blumen- und Schiffsmotiven begeistern mich; auf die winzige Empore kann man nur gebückt über eine steile Stiege gelangen, auch das ist für mich eine neue Erfahrung. Meinen evangelischen Eltern kaufe ich einen informativ gestalteten Kirchenführer, denn so viel interfamiliäre Ökumene muss sein.

Der Abschied naht. Als Letztes sehe ich mir das Spiekerooger Kurviertel an und besorge noch einige Tourismusprospekte sowie ein Gastgeberverzeichnis. Denn eines hat mir dieser Ausflug wieder überdeutlich gezeigt: Man muss nicht weit weg für ein Urlaubsgefühl. Zum Abstand gewinnen reichen manchmal ein paar Kilometer Luftlinie, und vielleicht, denke ich, während ich mit leichter Wehmut nochmals den Blick über all die hübschen Häuschen im Dorfkern schweifen lasse, miete ich mich tatsächlich mal länger in einem davon ein — Dass ich quasi nebenan wohne, muss dann ja niemand wissen.

Die Stockrosen vor dem nostalgischen Schild des Inselmuseums nicken mit ihren Köpfchen im Wind wie in stiller Zustimmung.

Grundrauschen

Das Meer schweigt heute. Obwohl für die nächsten Tage Sturmböen vorhergesagt sind, rührt sich kein Hauch. Auf dem Balkon lausche ich in die Stille. Irgendwo brummt ein Gartengerät. Jemand hustet. Wortfetzen von Vorbeiradelnden. Aber das Meer bleibt stumm.

Schlagartig wird mir klar, wie unendlich ich das Meer vermissen würde, wenn ich noch einmal woanders leben müsste. Wenn ich die treue, herrliche Weite der See nicht mehr in fußläufiger Entfernung wüsste. Wenn ich nicht genau wüsste, dass es da ist, selbst wenn ich es einmal nicht höre. Auch jetzt weiß ich: Ich müsste nur die Straße hinaufgehen und dann läge es vor mir, still und schön, im hellen Grau eines Regentages.

Es regnet nun stärker. Das Wasser fällt in lotrechten Schnüren vom Himmel, ich rieche die nassen Straßen und höre das Rauschen in der hohen Hecke, die mein Haus vom Nachbargrundstück trennt. Ein Kind kommt in einem winzigen gelben Ostfriesennerz angerannt, die Kapuze unter dem Kinn zusammenhaltend, und verschwindet in einer der Ferienwohnungen.

Ich genieße es, jetzt noch auf dem Balkon sitzen zu können, weil sich aufgrund der Windstille kein Tröpfchen unter das Dach verirrt. Es ist vollkommen trocken an meinem Platz, und ich beobachte die Welt durch einen Vorhang aus Regenschnüren.

Obwohl ich zurzeit nicht gern vor die Tür gehe, überkommt mich starke Sehnsucht nach dem Meer. Ich möchte hingehen und einfach nur nachschauen, ob es noch da ist. Natürlich ist das Blödsinn, weil ich genau weiß, dass es da ist — das Meer ist ja kein Mensch, es verlässt einen nicht.

Und ich möchte es auch nicht verlassen.

Es ist diese Beständigkeit, die mich die See so sehr lieben lässt. Die Gewissheit, dass all die Hektik und das Unbeständige der Menschenwelt die Wellen nicht aus dem Rhythmus zu bringen vermögen, beruhigt meinen Herzschlag schon beim bloßen Gedanken daran.

Dieser uralte Begleiter, keine 200 Meter von meiner Haustür entfernt, könnte mich problemlos töten. Aber er schenkt mir auch Heimat, Geborgenheit und Lebensfreude. Ich erinnere keinen einzigen traurigen Tag, an dem ich nicht getröstet vom Strand zurückkehrte. Und keine Verzweiflung, die ich nicht auf nimmerwiedersehen den Wogen übergeben hätte. Das Meer heilt. Und ich liebe es so unendlich, samt dem Himmel darüber.

Die Wolken sind heute schiefergraue Ballen, aber dort, wo der Strand ist, heben sich ihre dunklen Ränder wie die Volants eines altmodischen Theatervorhangs und machen Platz für das Licht.

Auch über dem Haus reißt der Himmel langsam auf und zeigt ein paar Stückchen Blau; durch einen letzten Hauch Regendunst leuchtet sogar die Sonne.

Dieser Tage machte ich mit einem Freund einen Ausflug. Wir fuhren nach Leer und Ditzum; vor dem Fenster: Deiche, Windräder, Schafe, winzige Dörfer und uralte Warftkirchen. Der Freund wuchs in dieser Gegend auf; wir trafen kaum jemanden, der ihn nicht grüßte oder ein paar Worte mit ihm wechselte. Im Restaurant, wo wir für den Preis einer Langeooger Vorspeise exzellenten Fisch aßen, kannte er die Familie der Kellnerin bis in den kleinsten Zweig beim Vornamen. Gegenüber schaukelten die Masten der Kutter im goldenen Licht eines späten Nachmittags. Es war ein friedvoller Tag und ich genoss es, die Landschaft in aller Privatheit vorm Autofenster vorbeiziehen zu sehen; ohne die Geräusche, Gerüche und Zwischenhalte des Busfahrens. Der Freund fuhr routiniert, aber mit Bedacht; außerdem bekreuzigte er sich vor jedem Anfahren, was mir zusätzlich ein gutes Gefühl gab. Ich hatte keine Angst, und vor dem Fenster lag die Schönheit unserer ostfriesischen Heimat, in der er tatsächlich als eines der wenigen katholischen Kinder großgeworden war.

Bald erreichten wir wieder die Stadt, ein Kirchturm schlug. Überrascht registrierte ich, dass der Freund eine Parkbucht ansteuerte, obwohl wir noch nicht am Ziel waren. „Es ist sechs Uhr!", sagte er, „Lass uns den Engel des Herrn beten!" „Ja klar", sagte ich, wiewohl etwas verdutzt, und zerrte so hastig die Worte aus meinem Gedächtnis, als seien sie Kleider für eine überstürzte Reise. „Der Engel des Herrn brachte Maria die Botschaft und sie empfing vom heiligen Geist ..."

Das Gebet dauerte exakt so lang wie die Glockenschläge, sofort nach dem „Amen" fuhren wir wieder los. Ich schmunzelte noch eine Weile in mich hinein. Da saßen wir also in einem hochmodernen Auto, das sogar noch recht neu roch, mit Navigationssystem und Smartphones in unseren Taschen, und doch gab nicht all diese Technik den Takt an, sondern ein uraltes Gebet, das schon im 14. Jahrhundert gebetet wurde, zum Angelusläuten um sechs Uhr.

Ich bewunderte den Freund auch um seine Routine in diesen Dingen. Wie beruhigend muss es sein, sein Leben nach einem Stundenbuch durchgetaktet zu wissen und die täglichen Gebetszeiten stärker verinnerlicht zu haben als die Mahlzeiten oder irgendwelche anderen Alltagsdinge? Wie beruhigend ist es zu wissen, dass da etwas ist, das immer viel größer als alles andere war und immer sein wird? Und wie schön ist die Gewissheit, dass diese Gebete bereits Jahrhunderte überdauert haben und, aller Konzile und der Reformation zum Trotz, noch heute den nahezu selben Wortlaut haben?

Ich mag keinen Stillstand. Aber ich liebe Dinge mit Bestand. Ich brauche diese kleinen Stückchen Ewigkeit, um im Getriebe der Welt nicht zermalmt zu werden. In dieser Hinsicht, denke ich, sind der Engel des Herrn, das Vaterunser, das Ave Maria, das Magnificat oder das Salve Regina wie das Meer: Sie waren vor mir da, werden nach mir sein, trösten und beruhigen den Herzschlag wie das stoische Rauschen der Wellen.

Ich hoffe, dass auch ich mir irgendwann eine solche Gebetsroutine aneignen kann wie der Freund, denke ich. Denn auch wenn ich nicht vorhabe, jemals vom Meer wegzuziehen, ist es doch schön, noch etwas zu haben, das einen täglichen Haltepunkt im Alltag markiert. Wo man, fernab von jeder Technik und zeitgenössischen Errungenschaft, einfach nur aus dem Herzen lebt; klein vor den Wundern der Schöpfung, aber doch eins mit der Welt.

Zirkel

Der letzte heiße Tag des Jahres liegt hinter mir. In den letzten Stunden des Augusts zeigte das Thermometer noch einmal über 30°C. In der gemütlichen Dachwohnung hinter dem Deich, in die mich Freunde auf dem Festland einquartierten, ist es brütend warm. Sie gehört zu einem wundervoll hergerichteten alten Bauerngut, in dessen Hof heute ein Fest stattgefunden hat. Vor kaum einer Stunde sind die letzten Töne der Musik verklungen, ich lauschte der Band vom Dachfenster aus. Die Stimmen der Gäste zerstreuten sich rasch. Dann wurde es still.

Im letzten Licht der Abenddämmerung sehe ich Windräder blinken. Ich kann bis weit über den

Deich sehen, die Silhouette Langeoogs zeichnet sich noch am Horizont ab. Mächtige Pappeln rahmen den Hof meiner Freunde ein, sie stehen Spalier wie freundliche Soldaten, es geht überhaupt nichts Bedrohliches von ihnen aus. An den Hof grenzt ein Acker, dahinter ist ein Campingplatz. Die meisten der Wohnmobile sind beleuchtet und ich leide mit den Menschen, die dort in ihren Blechbüchsen gesotten werden. Der heilige Laurentius möge ihnen beistehen, denke ich, und bete, wie vermutlich viele an diesem Tage, um das lang erwartete Gewitter.

Doch noch dringt durch das weit geöffnete Fenster kein Lüftchen. Um keine Insekten anzulocken, habe ich kein Licht in der Wohnung gemacht. Nun sickert die Schwärze der Nacht hinein und verteilt sich im Raum wie immer dichter werdender Nebel. Ich lege mich aufs Bett und lausche ins Dunkel. Eine Eule schreit, der elegante Jäger muss ganz in der Nähe wohnen. Dann endlich fährt die erste Windboe in die Pappeln. Ich höre das Rascheln der Blätter, die Eule schreit nochmals. Die Fensterscheiben beginnen zu vibrieren, ein gewaltiger Donner erschüttert das Gemäuer, Blitze zucken. Nun kann es nicht mehr lange dauern, denke ich. Aber der Regen lässt sich Zeit.

Ein paar einzelne Tropfen klopfen ans Dach. In den Pappeln rauscht der Wind nun stärker. Und dann rauscht auch das Wasser. Ein letztes Mal höre ich die Eule schreien, ihr Ruf verhallt im Strömen des Regens, und ich sehe sie vor mir, wie sie in einer Asthöhle in den Pappeln Schutz sucht, mit den schönen großen Augen immer wieder zaghaft hervorlugend, sicher noch hungrig. Auch ich stehe nochmals auf und luge aus meiner Höhle. Die Fenster schließe ich bis auf einen Spalt; groß genug, dass die Gewitterluft noch Kühlung bringen kann.

Als die Raumtemperatur endlich absinkt, schlafe ich unverzüglich ein, obwohl der Sturm an den Dachschindeln reißt und immer wieder lauter Donner die Nacht durchdringt. Ich denke noch einmal an die Eule in ihrer Höhle und daran, was für ein Privileg es ist, bei diesem Wetter ein warmes Bett zu haben und ein Dach, das dichthält. Nicht alles, was der Mensch schafft, ist schlecht. Die Fähigkeit, sich selbst oder anderen ein Zuhause zu bauen, ist gut. Schutz ist es. Und Geborgenheit auch.

Am nächsten Morgen ist die Temperatur stark gefallen, aber der Boden hat den Regen beinahe schon wieder aufgesogen. Ich mache einen frühen Spaziergang über den Deich, die Pappeln haben nichts von ihrer Erhabenheit eingebüßt, aber ein paar kleinere Bäume haben Äste gelassen. Ein Greifvogel kreist, vermutlich ein Falke. Hinter einem Gatter schauen ein paar Schafe träge zu mir hoch und kauen.

Über den Inseln am Horizont hat sich die Sonne schon Bahn gebrochen. Ich stelle mir vor, wie sie nun durch mein Wohnzimmerfenster scheint und alles, was ich liebe, mit ihrem Licht streichelt. Meine Bücher, meine Kissen und Decken, den kleinen Hausaltar und die neu erworbenen, leuchtend grünen Zimmerpflanzen in ihren hübschen Ampeln.

Für nochmals eine Woche werde ich heute zurückfahren; dann werde ich länger fort sein und meine Wohnung eine Weile nicht sehen. Insofern war es ein bisschen unsinnig, noch all diese Pflanzen zu kaufen, obwohl sich eine Freundin gut darum kümmern wird. Aber mir war eines Tages, als bräuchte ich mit dem scheidenden

Jahr, mit dem ruhenden Leben vor meiner Haustür, unbedingt noch etwas mehr Leben im Inneren, und eigentlich beantwortete mir das auch sehr genau die Frage, warum ich diese Pflanzen kaufte: Ich klammerte mich ans Leben.

Ein Krankenhausaufenthalt steht bevor, und nach einer grässlich missratenen Narkose vor einiger Zeit gehe ich nicht mehr unbefangen daran. „Wir mussten Sie zurückholen", sagte der Arzt, und ich hatte lange gebraucht, bis mir die Tragweite des Ganzen bewusst worden war: So schnell kann es also gehen. Und dann war es das halt.

Und nun liege ich, einige Stunden nachdem ich den Hof der Freunde verließ, wieder auf dem eigenen Bett und sehe einer sich prächtig entwickelnden Efeutute zu, wie sie aus ihrer Ampel sanft schaukelnde Schatten auf meine weiße Tagesdecke wirft. Liebe erfüllt mich zu dieser Pflanze. Zu dieser Wohnung. Zum Meer am Ende der Straße. Und zu meinem Leben.

Ich will nicht sterben. Auch dieser Satz ist für mich noch wie ein ungewohntes Kleidungsstück, denn sehr lange hing ich keineswegs an meinem Leben: die meiste Zeit meiner Jugend hasste ich es. Und danach war es mir egal. Man lebte halt seine Jahre ab, bis die statistischen 86-kommanochwas voll waren. Aber nun bin ich frei, nun habe ich das Meer, nun habe ich Gott. Und jetzt will ich leben.

Aber ich frage mich, ob zwischen „ich will leben" und „ich will nicht sterben" nicht noch ein Unterschied ist. Ist Todesangst nicht gar ein Zeichen von Kleingläubigkeit? Soll man als Christ nicht freudig folgen, wenn der HERR einen heimruft?

Ich fragte vor einiger Zeit einen jungen Mönch danach, an einem warmen Abend im Mai, der nicht schöner hätte sein können. Er sagte, die Angst sei menschlich. Und dass man Vertrauen haben müsse. Über uns rauschte der warme Wind durch sattgrüne Lindenblätter. Der Mönch sah aus sanften Augen in die Ferne. Ich weiß nicht, was er über den Tod dachte. Aber er segnete mich und es war gut, dass er da war.

In den letzten Tagen habe ich viel darüber nachgedacht, wie es wäre, wenn dies nun wirklich der letzte Sommer war, der letzte Herbstanfang. Würde ich in panische Geschäftigkeit verfallen? Noch schnell einen Kredit aufnehmen, um ein paar Reisewünsche zu bezahlen? Irgendjemandem irgendetwas sagen, was er oder sie nicht eh schon wüsste? Aber je mehr ich darüber nachdachte, desto ruhiger wurde ich. Es war alles gut so, wie es ist. Und wie immer es kommen mochte.

Eine kräftige Windboe lässt den kleinen Glasengel am gekippten Fenster gegen die Scheibe schlagen. Das Geräusch holt mich aus den Gedanken, zeitgleich bekomme ich eine Nachricht: „Wir haben Sturmflut, geh dir das ansehen!"

Ich stehe vom Bett auf, schnüre die Stiefel, nehme meine Jacke vom Haken und gehe.

Vor dem Strand bäumt sich die See wie ein entfesseltes Urviech. Unzählige Schaulustige haben sich eingefunden. Die Sonne leuchtet das dramatische Spektakel aus wie ein versierter Theatertechniker; die Szene ist filmreif.

Ein paar Wahnsinnige gehen trotz des Wellengangs schwimmen, eine Mutter filmt seelenruhig ihre Kinder, während diese tollkühn von der Abbruchkante rutschen: Offenkundig können auch einige Menschen Kulisse und Wirklichkeit nicht auseinanderhalten. Der Wind tobt, ich bin binnen Sekunden mit Sand paniert.

Die gewaltige Energie, welche die Natur in diesem Moment entfesselt, überträgt sich unverzüglich auf alles Lebende, alles bewegt sich. In jadefarbenen Bögen stürzen die Wellen in sich zusammen, um gleich die nächsten zu gebären, ein Kreislauf, dem man nur staunend zusehen kann. Muscheln, Seesterne, Algen … all diese Schätze wirft mir das Meer vor die Füße, nur um sie im nächsten Moment wieder einzusammeln.

Vielleicht ist auch das wie das Leben, denke ich: Man darf es staunend bewundern, ein paar Augenblicke lang lieben, vielleicht sogar einen Moment in den Händen halten. Aber dann muss man loslassen und es geht mit der nächsten Welle zurück zum Ursprung. Wirklich verloren geht aber nichts und niemand.

Als ich vom Strand komme, mache ich Pläne für die Zeit nach dem Herbst. Mit einem Freund verabrede ich einen Waldspaziergang im Schnee, im Januar. Ich werde mit dem Nachtzug zu ihm fahren, im Schlafwagen. Das habe ich noch nie gemacht und ich freue mich darauf wie ein Kind. Der Mönch hatte Recht: Man muss vertrauen. Wir werden leben.

Körper

Das Meer wartet noch. Seit einigen Tagen bin ich zurück auf der Insel, krankheitsbedingt ans Haus gebunden, der Weg zum Strand ist zu weit. Aber dieses einzigartige Blau des Himmels am Ende der Straße, hinter der das Meer liegt, lässt mich wissen, dass es da ist. Und auch das leise Wellenschlagen, das sich heute kaum hörbar in das Rauschen des Windes und des Herbstlaubs an den Bäumen webt, erzählt davon. Wie eigenartig es ist, zu dieser Übergangszeit fortgewesen zu sein. Ich betrat das Haus mit Schal und Mütze; im Bad trockneten noch Badehose und Strandtuch. Die abgerissenen Kalenderblätter, die meine liebe Blumensitterin säuberlich auf dem Regal stapelte, berichten von der verronnenen Zeit.

Es fühlt sich an, als hätte ich eine ganze Jahreszeit verpasst; in Wirklichkeit waren es keine drei Wochen. Vor zwei davon steckten noch Chirurgenhände in meinem Gedärm, andere zerrten meine Bauchdecke nach oben, auf der Suche nach etwas, das dort nicht hingehörte und freigeschnitten werden musste. Bei der Narkoseeinleitung hielt eine warmherzige und verständnisvolle Ärztin meine angstzitternde Hand. Ihr Kollege wartete respektvoll, bis ich mich bekreuzigt hatte, bevor er mir kalte Flüssigkeit in die Venen leitete. Ich hatte meinen Frieden. Und dieses Mal ging alles gut.

Mit dem Erwachen war aus dem eher geistig veranlagten Menschen ein durch und durch körperlicher geworden. Im Inneren herrschte eine unheimliche Grabesstille; noch war jede Darmbewegung gelähmt. Aus mir ragten Schläuche; aus der Bauchdecke, aus der Harnröhre. Dann explodierte der Schmerz. Aber ich fühlte, und deswegen wusste ich: Ich bin am Leben. Dank sei Gott.

Mit einer Tablette Oxycodon glitt ich in einen vertrauten Schmerzmittelrausch: So wunderbar, so weich, und so gefährlich. Ich schlief und erwachte davon, das mir kühle zarte Finger über die Wange strichen, ich roch Rosenduft. Ich vermutete die Schwester, aber im Zimmer war niemand. Ein Drogentrip, sagte mir die Vernunft, aber das Herz wollte glauben, dass es jemand vom Himmel war, der mich auf diese Weise tröstete. Der mir damit sagte, dass mir verziehen war und der wollte, dass ich lebte. Zwei Etagen über meinem Zimmer gab es eine Kapelle, ich schleppte mich mit meinen Schläuchen dahin, sobald ich das Bett verlassen durfte.

Nun aber scheint mir auch das schon wieder so weit weg. Auf dem Heimweg döste ich im fast leeren Salon der Fähre und sah den Reflektionen des Wassers an der Decke zu, die das Sonnenlicht durch die Bullaugen des Schiffes dorthin malte.

Vom Bett aus sehe ich nun dem Wolkentreiben zu und horche nach dem Meer. Mittags ist es noch warm genug, um mit Isoliermatte und Schlafsack auf eine Feldliege auf dem Balkon umzuziehen. Eine Primel hat sich von März bis in den Oktober gerettet und erfreut mich mit ihren Blüten und ihrem Vorbild an Lebenskraft. Inselarzt, Freundinnen und Freude, Kollegen und Eltern kümmern sich: Mir wird an nichts mangeln.

Einmal mehr bestaune ich — trotz kleinerer Rückschlage — was für ein Wunderwerk der menschliche Körper doch ist. Zwar sind die vier Schnitte in der Bauchdecke noch nicht verheilt, zwar scheint noch immer eine gewisse Unordnung im Gedärm zu herrschen, aber es ist doch erstaunlich, dass es heute überhaupt möglich ist, jemandem den Bauch aufzuschneiden, ohne damit sein Todesurteil zu fällen. Und dass man einen Menschen überhaupt halbwegs schmerzarm durch so einen Eingriff bringen kann. Ich habe großen Respekt vor den Errungenschaften der Medizin. Vor allen Pflegenden und Helfenden sowieso. Am meisten aber erstaunt mich das Wunder der Heilung.

Diesem Wunder muss ich nun Zeit zur Entfaltung geben. Es ist nicht immer leicht: Man hat keine Geduld, man schämt sich um Hilfe zu bitten, man ist es nicht gewohnt, sich so sehr mit seiner eigenen Körperlichkeit beschäftigen zu müssen, auf seine physischen Funktionen zu achten und auf seine Grenzen.

Ich muss auch mir Zeit geben. Das Meer, in seiner wundervollen Unendlichkeit, wird mich ohnehin überdauern. Es ist da. Und es wird auch weiter warten.

Weich

Der Himmel hat sich zu einem dramatischen Gelbgrau verfärbt. Aus düsteren Wolkenballen grollt Donner. Die nächsten Stunden regnet es, als solle alles und jeder von dieser Insel getilgt werden. Auch die Erinnerungen. Bald sind alle Menschen unter ein Dach geflohen. Langeoog gehört nun dem Regen, der Natur und dem scheidenden Jahr.

Etwas ungläubig sehe ich auf meinen arg ausgedünnten Wandkalender, heute ist der Gedenktag des hl. Jean de Brébeuf, der im 17. Jahrhundert mit einigen Gefährten unfassbar grausam zu Tode gequält wurde. Er ist Kanadas Nationalheiliger. Nun denke ich, zugegeben, beim Stichwort „Kanada im Oktober" nicht ausschließlich an diesen Jesuiten und sein entsetzliches Schicksal, sondern auch an rauschende Wälder mit farbenprächtigem Laub, an glasklare Flüsse und weite Landschaft; an majestätische Bergmassive, gebettet in die erhabene Einsamkeit schlafender Nadelwälder. Ich war nie dort, aber die Herbstlandschaft meiner Träume kommt diesem Ideal sehr nahe. Ebenfalls sehr nah dran ist aber auch der Inselherbst, den ich Jahr um Jahr vor meiner Haustür erleben darf; allem gelegentlichen Gewitterdrama zum Trotz.

Nicht umsonst spricht man hier, in Anlehnung an den kanadischen „Indian Summer", auch vom „Frisian Summer", wenn sich der Queller in den Salzwiesen tiefrot verfärbt, überall Sanddorn und Hagebutten leuchten und das Dünengras mit dem Gold der Abendsonne um die Wette glänzt.

Als ich am Nachmittag das Haus verlasse, liegt über dem Höhenweg leichter Dunst. Ein Fasan schreitet über das regennasse Pflaster. Auch von seinem Gefieder perlen noch einzelne Wassertropfen. Als er mich wahrnimmt, marschiert er etwas schneller, fliegt aber nicht auf. Ich warte ein wenig, bis der schöne Vogel in der Vegetation entlang des Pfades verschwunden ist und setze meinen Weg fort. Für mich gibt es kaum ein schöneres Herbstmotiv auf Langeoog: Weiches Licht, neblige Morgen. Menschenleere Wege, die maximal ein Fasan kreuzt, mit aller Farbenpracht des Herbstes in seinem Gefieder. Ein milchiger Sonnenball, der sanft die kürzer werdenden Tage beleuchtet. Die Stare sind schon fast alle wieder fort, dafür kommen die Wintergäste: Sanderlinge, Schneeammern. Die Insel bettet sich zur Ruhe, ungeachtet des noch immer regen Gästetreibens.

Das Meer ist heute bleigrau und ich frage mich, wie der ostfriesische Himmel es schafft, sogar diese, eigentlich doch recht triste Farbe zum Leuchten zu bringen. Aber er schafft es, und ich berausche mich an dem Anblick, als sähe ich all das zum ersten oder zum letzten Mal. Ich betrachte die langsam heranrollenden Wellen. Selbst das sich überschlagende Wasser erinnert heute eher an einen kostbaren Stoff, den ein Dekorateur mir ruhiger, versierter Hand zu Volants legt, als an eine potentiell todbringende Urgewalt. Nur noch wenige Strandkörbe und Spielgeräte zeugen vom zurückliegenden Sommer.

Mit dem Nachlassen des Regens füllen sich Strand und Wege wieder; es sind Herbstferien. Nach vielen Wochen, die ich größtenteils allein in der Wohnung verbrachte, bin ich diese Menschenmassen nicht mehr gewohnt, mit all ihren lauten Geräuschen und der Unberechenbarkeit ihres Durcheinanderwuselns. Umso dankbarer bin ich dafür, mit welcher Behutsamkeit mich die Natur an diesem Tage empfängt. Die Insel und ich, wir brauchen wohl beide eine Pause vom Drama.

Solitär

Am ersten Eintopf des Herbstes habe ich mich hemmungslos überfressen. Mit einem gefühlt medizinballgroßen Magen voll Kochmettwurst und Kartoffeln entscheide ich mich zu einem späten Spaziergang. Nicht einmal Schuhe mag ich mir mit dem prallen Ranzen binden, also verlasse ich die Wohnung in Pantoffeln — wohlwissend um die Schwärze der Langeooger Nacht.

Die Nächte auf Langeoog sind so stockdunkel, dass man nicht einmal das eigene Schuhwerk noch ohne Taschenlampe erkennt; jede Befürchtung, dass es andere tun könnten, wird damit hinfällig. In der Nacht geht also jede Eitelkeit ad acta, und ich bin froh darüber. Auch die Bekannte, die mir unterwegs begegnet, erkenne ich erst, als sie schon fast an mir vorbeigegangen ist. Ein kurzer Gruß, dann verschwinde ich an der nächsten Straßenecke wieder im Bauch der Finsternis. Straßenlaternen sind hier nur spärlich gesät. Eine eigene Lampe habe ich nicht dabei, aber ich kenne die Gegend aus unzähligen, nächtlichen Winterrunden mit dem

Hund; mögliche Stolperfallen sind mir also bekannt, ein unkalkulierbares Restrisiko bleiben lediglich Haufen von Hunde- oder Pferdescheiße.

Aus einer Nebenstraße biegt ein Fahrrad ohne Licht. An der Straßenmündung steht ein Mülleimer; ich höre das Plumpsen eines schweren Gegenstandes. Der Radfahrer hat einen Sack fallen lassen, ohne anzuhalten.

Wenig später erreiche ich die Stelle; unterhalb des Mülleimers liegt der Sack. Es ist ein offiziell erworbener Müllbeutel des Landkreises Wittmund; was sich unter dem robusten grauen Plastik abzeichnet, erkenne ich nicht.

Illegale Müllentsorgung ist ein Problem auf Langeoog. Die Entsorgung ist teuer, wie überall, die Mülltonnen an den Ferienhäusern teils aber auch übervoll. Die Inselgemeinde tut, was sie kann, aber oft scheint es, als würfen Menschen im Urlaub alles über Bord, was sie über Mülltrennung und -vermeidung wissen; aber auch InsulanerInnen oder Ferienwohnungsbesitzende sparen offenkundig gerne den ein oder anderen Euro, indem sie ihren Kram in den wenigen öffentlichen Müllbehältern oder — noch schlimmer — in der Natur entsorgen: Einige „wilde" Deponien sind auf der Insel berüchtigt.

Ein Mensch mit Hund kommt mir entgegen, der Lichtkegel seiner Taschenlampe flitzt über das Gras der gern von Hunden zu Defäkationszwecken genutzen Wiese. Auch er wird die illegale Müllabladeaktion mitbekommen haben. ich kenne den Mann nicht und weiß nicht, was er darüber denkt; ich wiederum ertappe mich bei lediglich einer Regung: Resignation.

Ein Versuch, das Müllthema in meinem Wohnhaus anzusprechen, verlief fruchtlos. Offenkundig fürchtete man, seine zahlenden Gäste zu verprellen, wenn man deren Entsorgungsgewohnheiten reglementierte; Ausreden wurden gesucht wie: Manchmal würden ja auch die Kinder zum Müllwegbringen runtergeschickt. Die wüssten dann halt nicht, wo was hingehört. Das käme nunmal vor. — „Ja, aber Babywindeln mit der Scheiße nach oben? Im Altpapier?" „Haben Sie Kinder?" „Nein." „Ja, dann wissen Sie auch nicht, wie wenig Zeit man da manchmal hat." Was soll ich dazu dann noch sagen.

Ich schiebe das Thema beiseite und setze meinen Weg fort. Meine Schritte in den Pantoffeln sind das einzige Geräusch, das zu hören ist. Neben der Schwärze der Inselnacht ist auch ihre Stille jetzt, an der Grenze zum Winter, überwältigend. Denn trotz nach wie vor hoher Gästezahlen sind die Straßen im Dunkeln nun wunderbar friedlich. Nur, wenn man nah an den Häusern entlang läuft, kann man Menschenlaute vernehmen. Durch die erleuchteten Fenster sieht man teils erschreckend uniforme Ferienwohnungen. Alle haben das Foto einer Dünenlandschaft auf Leinwand als Wanddekoration; dazu die ewiggleichen weißen IKEA-Stühle. Im Fenster hängt eine Muschelkette; auf der Fensterbank eine Möwe aus Holz, ein Segelboot oder eine Sturmlampe mit einem Schifftau als Griff. Irgendeine Holztafel im Shabby-Chic sagt „Home", „Welcome" oder „Beach". Ein Flachbildfernseher zeigt ein Prominentenmagazin, später vermutlich den „Tatort". Andere Wohnungen wiederum stehen bereits leer und starren aus schwarzen Augen in die Dunkelheit. Teils gilt das sogar für ganze Häuser; manche davon stehen leer bis zum Frühjahr.

Der fehlende Dauerwohnraum für Normalverdienende und Angestellte — ein weiteres, gravierendes Problem, das sich auf Langeoog nur schwer ignorieren lässt. Zweifelsohne: Meine Wohnung ist winzig und das Haus nicht das Schönste in der Straße; nicht nur ein Besucher hat über meine bescheidenen Wohnverhältnisse schon insgeheim die Nase gerümpft. Aber mit jeder dieser nächtlichen Winterrunden bin ich mir meiner Privilegiertheit als Eigentümer vollumfänglich bewusst. Und überaus dankbar für jeden Quadratmeter, den mir niemand mehr nehmen kann.

Die nächtliche Stille tut mir gut. Östlich von meinem Haus beginnt bald die Ruhezone, nördlich davon ist das Meer. Um diese Jahreszeit und im Dunkeln begegnet man hier kaum noch Menschen. Es ist schön zu wissen, dass ich in dieser wundervollen Einsamkeit bis an den Strand laufen könnte, immer dem Meeresrauschen nach, fern von allem Befremdlichen und allen fremden Befindlichkeiten. Wobei ich das Wort „Einsamkeit" hier nicht mag, ist es doch gemeinhin zu negativ besetzt. Mir kommt stattdessen das englische „Solitude" in den Sinn, weil es viel wertvoller klingt: Ich asoziiere es automatisch mit „Solitär". Und so kostbar wie ein Solitär-Diamant mit vielen Karat, so strahlend schön sind mir auch diese stillen Minuten unter dem Langeooger Nachthimmel. Zusammen mit den zahllosen, leuchtenden Sternen fügen sie sich zu einem prachtvollen Juwel, das ich behutsam in das Schatzkästchen meiner Erinnerungen bette. Die Mülltonne muss draußen bleiben.

Monoton

Erneut liegt ein Dunstschleier über der Insel. Die neblige Feuchtigkeit empfängt mich mit weichen, weißen Schleiern, als ich zur Kirche laufe; die Sanddornbüsche zu beiden Seiten des Weges sind so hochgewachsen, dass sie sich tunnelartig darüber wölben. Ich fühle mich beschützt und geborgen darin.

Kaum ein Luftzug dringt durch das dichte Geäst; die Temperaturen sind immer noch mild. Ewig könnte ich durch diesen herrlichen Tunnel laufen, und ich wünschte, ich wäre allein darin. Aber noch sind Ferien, noch kommen mir etliche Fremde entgegen. Am Ende des Sanddorntunnels öffnet sich der Blick auf den Wasserturm und die katholische Kirche. Zweimal Heimat, zur Linken und Rechten. Davor leuchtet in warmen Gelbtönen das Herbstlaub der Kartoffelrosen; von roten Weißdornbeeren tropft noch der letzte Regen. Ich liebe diese Jahreszeit. Ich freue mich, wenn die Insel zur Ruhe kommt, freue mich über die Monotonie vernebelter Tage, die auch mir Frieden schenkt. Nichts daran ist mir langweilig. Vielleicht, denke ich, liebe ich den späten Herbst hier auf eine Weise, wie ich auch das Rosenkranzgebet liebe, zu dem ich jetzt unterwegs bin. Auch hier herrscht vermeintliche Monotonie, und doch sind es gerade das feste Ritual und die vielen Wiederholungen, die mich dabei so wunderbar ruhig werden lassen. Unsere individuellen Gebete, so bin ich überzeugt, hört der HERR sowieso. Auch ohne dass wir sie ausformulieren. Sie flechten sich zwischen die einzelnen Perlen, zwischen *Ave Maria*, *Vater Unser* und *Ehre sei dem Vater*, ohne dass ich darüber nachdenken muss. Ich kann alles fließen lassen, was mich bewegt: Das Herz öffnet das Gebet ganz von alleine.

Ruhe tut Not dieser Tage; Frieden sowieso. Weltweit, außen und innen. Beim montäglichen Rosenkranzgebet kenne ich alle Anwesenden; ihre authentische Freude darüber, dass ich nach vielen Wochen wieder dabei bin, wärmt mich, ebenso wie ihre Sorge um meine Gesundheit.

Ich habe mit diesen Menschen im Alltag sonst nicht allzuviel zu tun, aber oft reicht eben auch ein gemeinsames Gebet, um Zusammenhalt zu schaffen. Ein Gebet, dessen Worte wir alle kennen und das, wenn man ganz in sich hineinhorcht, doch immer wieder neu ist.

Die Zeit ist nicht friedlich. In den letzten Tagen plagte mich außer den Folgen meiner Operation noch Vandalismus am Haus; andere Ereignisse rüttelten schmerzhafte Erinnerungen wach, Auseinandersetzungen mit alten Wunden wurden nötig. Ein finanzieller Verlust schmerzte, ebenso wie ein Vertrauensmissbrauch. Aber auch hier kommen auf jede Enttäuschung, jedes erlittene Unrecht, jeden Schmerz immer wieder gute Dinge: Ein Übermaß an Hilfsbereitschaft und Unterstützung, an offenen Ohren und Herzen. Für jeden Menschen, der einen verrät, erfuhr ich, wird einem auch mindestens eine Person geschenkt, die das Gegenteil davon macht: Die für mich eintritt, die nach der Wahrheit im Lügensumpf taucht und sich schützend vor mich stellt, die quasi zum Sanddorntunnel emporwächst: Nach außen wehrhaft, nach innen ein weiches, geborgenes Nest bietend. Auch der Nebel im Sanddorntunnel ist gnädig, denn er lässt mich immer nur so viel auf einmal sehen, wie ich ertragen kann. Dafür danke ich.

Kein Jahr ist nur gut; auch dieses war es nicht. Dennoch lohnt es sich immer, die Monate mit Dankbarkeit zu verabschieden, wenn nicht gar mit einem Lächeln. Denn alles, was wirklich wichtig ist im Leben, wurde mir erhalten: Meine Gesundheit, meine Eltern, meine Wohnung und meine Arbeit. Und, nicht zuletzt, mein Leben als solches.

Vor meinem Fenster hat nun die Nacht die Insel in ihre schwarze Samtdecke gehüllt. Ich freue mich auf einen langen, stillen Winter.

Autor

Mayk D. Opiolla, Jg. 1976, betätigte sich u.a. als Redakteur, Übersetzer und Werbetexter in Köln, München, Nanjing und Berlin, bevor er sich mit dem Umzug auf die ostfriesische Insel Langeoog 2014 einen Lebenstraum erfüllte. Neben der eigenen Buchreihe "Momentaufnahmen" veröffentlichte der Diplom-Regionalwissenschaftler u.a. Literaturübersetzungen, Essays und Lyrik. Er betreibt den Blog www.gefluegelmitworten.wordpress.com. Auf Langeoog ist er zudem für die Lokalzeitung im Einsatz.

Notizen und eigene Gedanken:

Weitere Titel von Mayk D. Opiolla (Auszug):

Momentaufnahmen 3
Berlin — Langeoog (2016)
Paperback, 220 S.
ISBN 978-3-8391-3521-1
EUR 10,95

Momentaufnahmen 4
Neue Betrachtungen von der Insel (2017)
Paperback, 184 S.
ISBN 978-3-7431-9561-5
EUR 10,00

Momentaufnahmen 5
Neues von Langeoog, Gott und der Welt (2018)
Paperback, 132 S.
ISBN 978-3-7481-0967-9
EUR 10,00

Bestellbar über jede Buchhandlung oder direkt beim Verlag: www.bod.de

LeserInnenbriefe und Lesungsanfragen:
gefluegeltes@t-online.de

Auch erhältlich: Zeichnungen und Postkarten

Weitere Motive auf www.gefluegelmitworten.wordpress.com